COLLECTION
« CHAMP POÉTIQUE »
dirigée par Daniel Bergez

Ouvrage publié avec le concours
du Centre National des Lettres

ISBN 2-87673-082-0
ISSN 0291-4441

JEAN VOELLMY

RENÉ CHAR

OU LE MYSTÈRE PARTAGÉ

CHAMP VALLON

Sauf indication contraire, les références renvoient aux *Œuvres complètes* de René Char, Paris, « Bibliothèque de la Pléiade », Gallimard, 1983 (PL).

Les références qui renvoient aux textes qui ne figurent pas dans l'édition de la Pléiade (textes non recueillis, modifiés ou parus après 1983) sont données dans les notes, sauf pour les recueils suivants :

René Char, *La Nuit talismanique* (LNT), Genève, « Les sentiers de la création », Skira, 1972.

René Char, *Les Voisinages de Van Gogh* (VVG), Paris, Gallimard, 1985.

René Char, *Eloge d'une soupçonnée* (ES), Paris, Gallimard, 1988.

A Liselotte

AVANT-PROPOS

Le poème est « un phénomène qui n'a d'autre raison que d'*être* » (PL, p. 729), le miroir d'une vérité cachée qui nous fait rêver. N'est-ce pas un sacrilège de le soumettre à l'analyse, de couler dans les moules de la langue l'œuvre d'un auteur pour qui la poésie est en perpétuel devenir ? Il est vrai que Char lui-même cherche à comprendre la « clarté énigmatique » (PL, p. 743) qui l'habite, et qu'il se penche amoureusement sur « le corps subtil du poème » (PL, p. 156). Mais ses réflexions, ses aphorismes, ses mots à l'emporte-pièce ne sont que des voies d'approche, au point qu'il a déclaré que si jamais il découvrait le mystère de la poésie, il cesserait d'en parler (PL, p. 732). Toute tentative d'explication semble vouée à l'échec. Ou le critique se met au diapason du poète et tente d'écrire comme lui, au risque de se livrer à un lamentable pastiche, ou bien il traduit en prose ce qui, au dire de Char, « scintille, parle plus qu'il ne chuchote, se transmet silencieusement, puis file derrière la nuit » (PL, p. 729), et passe à côté de ce qui fait l'essence de la poésie.

Les concepts sont des décalques de la réalité, comme les corps pétrifiés que l'on trouve dans la roche calcaire. Le critique s'en sert faute de mieux, sachant qu'ils sont aussi impropres à rendre la richesse de la poésie que les fossiles à ressusciter la faune du Crétacé. Une fois les jalons posés, le chemin déblayé, il n'a qu'à se retirer, cédant la place à l'œuvre. Si sa lecture en a découvert certains pans, elle n'a pu en épuiser tous les filons. Discutée, contredite et finalement oubliée au profit des poèmes, elle renvoie donc à une étude plus exhaustive. Lors de ce retour au texte, il faut que l'œuvre seule demeure, se présente dans toute sa complexité et rayonne de son éclat mystérieux.

On dirait que la poésie de Char décourage toute volonté de systématisation, le poète optant pour « l'hétérogénéité la plus étendue » (PL, p. 661). Sa poésie est à la fois belle et sibylline, fascinante et obscure ; elle nous séduit et se refuse comme une femme capricieuse. Que faire pour l'apprivoiser ? Suffit-il de lui prêter cette attention flottante dont parle Leo Spitzer, de la lire et de la relire, tournant et retournant les mots pour en découvrir le sens caché ? Certes, à force de s'y plonger, de s'en imprégner, on se familiarise avec elle : des thèmes se dégagent, des associations s'établissent, et les mots qu'on prenait pour des îles isolées se mettent à former un archipel. Tantôt le titre d'un poème nous sert de clef, tantôt les poèmes s'emboîtent comme des équations, et l'un nous aide à déchiffrer l'autre. Mais contrairement aux mathématiques, qu'on peut rattacher à quelques idées fondamentales, les combinaisons poétiques sont infinies et font fi de la logique. L'univers poétique est plein de surprises, aussi faut-il s'en remettre comme le poète à l'intuition et au hasard pour pouvoir y pénétrer.

Je n'y serais pas parvenu si je ne m'étais tenu qu'à l'œuvre même. Les noms de lieux tout d'abord m'en empêchaient : comment comprendre le titre « Jouvence des Névons » sans savoir que les Névons sont le quartier de L'Isle-sur-Sorgue où le poète a grandi, comment apprécier le poème « Chérir Thouzon » sans se rendre compte que la colline de Thouzon émerge comme une île de la plaine de Carpentras ? L'œuvre de Char foisonne de noms de lieux et de lieux-dits que le touriste ignore. J'ai donc consulté des cartes à petite échelle, tout en approfondissant l'histoire locale. La poésie de Char est d'une grande richesse : tout y entre, la géologie, l'archéologie, l'histoire. Si nous ne connaissons pas le sort des Vaudois, les « Sept parcelles de Luberon » resteront pour nous lettre close. Venasque est le berceau de la papauté avignonnaise – d'où le ton froid du poème qui porte ce nom –, Aulan un château dans la Drôme, qui donna asile aux résistants, ce qui nous explique le texte qui lui est consacré (« Cur secessisti ? »).

Il va sans dire qu'on peut goûter la poésie de Char sans ces indications. Mais bien souvent, la connaissance des lieux et des événements qui l'ont inspirée en rehausse la valeur. L'œuvre de Char est enracinée dans le sol de sa terre natale, un espace restreint, qui recouvre à peine le département de Vaucluse ; elle n'en a pas moins une portée universelle. Sa grandeur naît de la tension entre ces deux extrêmes, d'où la nécessité, pour qui désire l'explorer, d'en connaître toutes les dimensions.

Comme je ne voulais pas me contenter de connaissances livresques, et que des textes qui ont été conçus au grand air ne donneront jamais toute leur mesure entre quatre murs, j'ai pris le chemin de la Provence. Sillonnant les routes du Comtat, remontant la vallée du Coulon de Cavaillon à Céreste, gravissant les pentes du Lubéron, je me suis imprégné de l'atmosphère qui présida à la naissance des poèmes. Ce n'est pas que les renseignements glanés au cours de ces randonnées m'aient délivré de la peine d'en faire une analyse approfondie (bien qu'ils m'aient facilité la compréhension des symboles), ce n'est pas non plus que j'aie voulu les réduire à leurs sources. Mais puisque Char, pour éviter les redondances, supprime souvent les indices situationnels qui éclairent le texte, j'ai fait réintégrer au poème son cadre naturel pour pouvoir mieux m'identifier à son auteur [1].

J'ai eu le bonheur d'être reçu par René Char aux Busclats, la petite maison blanche qu'il habitait entre L'Isle et Saumane, et de m'entretenir avec lui. Non que nos conversations aient toujours roulé sur des sujets littéraires. On eût même dit que le poète les évitait soigneusement. Mais les idées qu'il développait sur la politique, l'industrialisation et la mise en valeur du territoire, le procès qu'il intentait à notre société de consommation et les souvenirs d'enfance et de jeunesse qu'il évoquait nous ramenaient malgré tout à son œuvre. Et de fil en aiguille, il lui arrivait d'ouvrir son dernier livre ou de tirer d'un tiroir le manuscrit du prochain et d'en illustrer des passages. C'est ainsi, sans que je l'interpelle directement, qu'il m'a fait la plupart des révélations sur ses poèmes. Il me les a faites par à-coups, et presque malgré lui, ne voulant pas qu'ils se livrent trop aisément.

Nous avons échangé nombre de lettres. Ce sont « des bonjours affectueux, des rappels de cœur » [2], qui ont surtout une valeur personnelle. Mais il y en a quelques-unes qui éclairent la poésie de Char, et que j'aurais volontiers jointes à cet ouvrage : la lettre du 19 juillet 1972, où le poète m'informe des circonstances dans lesquelles il a écrit les poèmes « Cur secessisti ? », « Fièvre de la Petite-Pierre d'Alsace » et « Chérir Thouzon », et celles où il se prononce sur les études que je lui ai consacrées dans *Les Lettres Romanes*. J'ai dû y renoncer, René Char ayant décrété que ses lettres ne devaient être publiées qu'après avoir été sélectionnées et classées suivant un plan d'ensemble qui tienne compte des différentes étapes de sa vie et de son œuvre [3]. La publication de la correspondance de Char sera un événement littéraire, non seulement parce qu'elle jettera un jour nouveau sur la genèse de l'œuvre, mais aussi parce qu'elle montrera que ce poète, ce rêveur (Hypnos), était un excellent conseiller qui avait le sens des réalités.

Pour pouvoir suivre le long chemin, tantôt obscur, tantôt illuminé, que parcourt la poésie de Char, il m'a fallu adopter une perspective diachronique. L'œuvre ayant évolué, j'ai cru bon d'accompagner son auteur sur les sentiers sinueux qui le mènent des poèmes d'*Arsenal* à ceux de l'*Eloge d'une Soupçonnée*. Mais mon approche n'est rien moins que biographique. Les indications concernant la vie du poète que j'ai données en tête des chapitres ne sont que des points de repère qui jalonnent l'œuvre. René Char a une préférence pour l'imprévu, d'où le foisonnement des images et la difficulté de les ordonner. Il faut se garder de vouloir unifier son œuvre à tout prix. On y perdrait ce qui en fait la valeur : le jeu de l'imagination, les effets de clair-obscur, l'ambivalence.

1

A LA RECHERCHE D'UN STYLE, L'AMORCE D'UNE POÉTIQUE

De 1927 à 1928, René Char accomplit son service militaire à Nîmes. En 1928, il publie avec l'aide financière de sa grand-mère *Les Cloches sur le cœur*, son premier recueil de poèmes, dont il détruira plus tard les exemplaires restants. L'année d'après, il lance une revue, *Méridiens*, publie un second recueil, *Arsenal*, et adhère au mouvement surréaliste. Jusque vers 1934, ses activités se confondent avec celles du groupe surréaliste : il écrit des articles pour la revue *Le Surréalisme au service de la révolution*, signe des tracts et publie aux Editions surréalistes *Ralentir travaux*, des poèmes écrits en collaboration avec Breton et Eluard, et *L'Action de la justice est éteinte*. En 1934 paraît *Le Marteau sans maître*, qui réunit l'essentiel de ses productions littéraires. Le livre sera réédité après la guerre, suivi de *Moulin premier*.

Il existe une édition de luxe du *Marteau sans maître*, parue chez l'éditeur Tchou, sous le titre d'*Artine*. C'est un joli petit livre relié en soie, qui tient dans un sac à main ou dans la pochette d'un veston. On peut se demander ce que le bibliophile, qui a acheté ce « livre de chevet » (c'est le nom de la collection), va penser en lisant les poèmes du jeune Char. Il y a des connaisseurs qui les placent très haut, mais, pour la plupart des lecteurs, ce sont des textes sibyllins qui semblent impénétrables. Il est plus facile d'étudier Char à rebours, en commençant par ses productions ultérieures. A partir des poèmes de la Résistance, ses premiers vers s'éclairent. C'est ce qu'il dit lui-même dans le feuillet de l'édition de 1945 : « La clef du *Marteau sans maître* tourne dans la réalité pressentie des années 1937-1944. »

Le texte d'ouverture du *Marteau sans maître* (qui est aussi celui des *Œuvres complètes* dans l'édition de la Pléiade) porte le titre : « La torche du prodigue ». Un dessin de René Char (gouache et encre de Chine) est accompagné du même titre. Il se trouve sur la couverture de l'ouvrage *Deux poèmes,* que Char a écrit en collaboration avec Paul Eluard (1937). Le dessin représente un tison flambant. Sur l'original, qui était exposé en 1971 au Musée d'Art moderne, Char avait écrit : « En courant les femmes avec Paul Eluard. »

Plusieurs poèmes d'*Arsenal,* la première partie du *Marteau sans maître,* s'inspirent des maisons closes que l'auteur semble avoir fréquentées. « La maison lanterne / Au deuxième étage », « Les putains aux portes-cochères » (*Arsenal,* 1929) l'ont hanté, mais ces impressions ont été reprises, approfondies et réinterprétées. Les filles de Marseille ont été pour Char ce que les « Demoiselles d'Avignon » ont été pour Picasso. Le souvenir des lieux mal famés l'a amené à mûrir son art, à repenser les rapports entre le poète et la poésie. La torche, un flambeau qui sert à éclairer et à mettre le feu, est susceptible de plusieurs interprétations. Le poète est voleur de feu, comme dit Rimbaud ; c'est un homme généreux qui risque sa vie pour les autres. Mais le poète est aussi l'amant de la poésie, qu'il traque, qu'il talonne pour se mesurer avec elle et s'en rendre maître.

« La torche du prodigue » a subi plusieurs remaniements. La première version porte le titre « L'Emploi » et comprend quatre vers :

Brûlé le trottoir en quarantaine
toi nuage passe devant

Le rôle effacé du nuage
soi disant

Char montrera souvent une préférence pour les titres objectifs, apparemment antipoétiques. Dans « Le Visage nuptial », l'hymne d'amour écrit au sortir d'une grave maladie, il remplacera « La Sieste d'Oppède » par « Conduite ». « L'Emploi » s'explique peut-être par la fin d'un autre texte d'*Arsenal* (1929), qui porte le titre programmatique « Récit funèbre prend forme de poème » :

INVENTAIRE
La table est sans tiroir comme le lit est sans âme

Epilogue
RECHERCHE d'un emploi du TEMPS

Le poète partage son temps entre l'assouvissement de ses besoins et sa quête poétique. Mais l'étape de Marseille et des maisons closes, il la brûle, il la dépasse rapidement, pour en arriver à l'essentiel : le nuage, le pouvoir de s'élever au-dessus des choses terrestres, l'échappée que lui offre la poésie.

Dans la version de 1934, le rôle du nuage se précise :

Nuage de résistance
Nuage des cavernes
Entraîneur d'hypnose

On s'étonne de voir René Char dès *Le Marteau sans maître* nous dire quels seront ses actes et son engagement pendant la guerre. La résistance à laquelle il convie la poésie prendra sous l'occupation des formes plus tangibles. Ce sera l'époque de la France-des-Cavernes. Sous le nom d'Hypnos, il livrera un combat sans merci aux forces du mal, tandis que ses dons poétiques auront l'air de sommeiller.

Le poème ne présentera sa version définitive avec le titre « La torche du prodigue » qu'en 1945. Comme dans un terrain sédimentaire, les flots du temps et l'expérience du poète y ont déposé leurs couches successives. Mais la clé de la situation a disparu : « le trottoir » a été remplacé par « l'enclos », le poète préférant l'allusion, le mot plurivalent, au terme explicite.

On découvre d'emblée que, pour René Char, la poésie n'est pas un jeu, mais un engagement de toute sa personne. Cette idée est développée dans le troisième poème du *Marteau sans maître*, qui porte le titre « Possible » :

Dès qu'il en eut la certitude
A coup de serrements de gorge
Il facilita la parole

Elle jouait sur les illustrés à quatre sous

Il parla comme on tue
Le fauve
Ou la pitié

Ses doigts touchèrent l'autre rive

Mais le ciel bascula

Si vite
Que l'aigle sur la montagne
Eut la tête tranchée.

Dans les premiers vers, Char établit une règle qui est à la base de sa poétique et qu'il va observer toute sa vie : les paroles sont d'autant plus tranchantes qu'elles ont été retenues plus longtemps. Qui a pratiqué le yoga sait que le volume des poumons augmente par la rétention de l'air. En faisant provision de souffle, on accumule de l'énergie. Char nous le rappelle dans un aphorisme d'*A une sérénité crispée* : « Il nous faut une haleine à casser des vitres. Et pourtant il nous faut une haleine que nous puissions retenir longtemps. »

Pour faciliter la parole, pour la rendre « possible », le poète retient le souffle. Le silence qu'il s'impose donne plus de poids aux mots. Lorsque son cri éclate, c'est comme la détonation d'une arme à feu :

Il parla comme on tue
Le fauve
Ou la pitié

La violence est semblable à celle du chasseur qui achève sa victime, à l'élan de commisération qu'on réprime.

C'est à ce moment que le poète découvre cette sorte d'au-delà qu'est pour lui la poésie, cette « vraie vie » qu'on n'entrevoit qu'« en de brefs éclairs qui ressemblent à des orgasmes » (PL, p. 730) :

Ses doigts touchèrent l'autre rive

« Mais », à portée de la main, la terre promise lui échappe. Le ciel bascule comme dans un avion qui pique. Et le poète, qui a voulu braver les interdits, meurt de son audace, précipité du haut de son rocher comme un aigle foudroyé.

Reste à éclairer le vers 4 :

Elle jouait sur les illustrés à quatre sous

« Elle » ne peut être que la parole, cette menue monnaie qui passe de main en main et se détériore, « la pire convention » selon Breton [4]. Char se heurte aux difficultés que connaissent tous les poètes. Pour y parer, il s'impose la contrainte volontaire décrite dans les premiers vers : « Le poète se remarque à la quantité de pages insignifiantes qu'il n'écrit pas (PL, p. 753). »

Le style des premiers poèmes du *Marteau sans maître* est concis, elliptique. Le ton est dur, cassant, comme l'était sans doute Char lui-même. Au cours des différentes versions, les éléments descriptifs et narratifs disparaissent. Le poète ne nous livre que les sommets de sa réflexion. Plus tard, il se servira de l'image de l'archipel pour illustrer sa poétique. L'archipel est un groupe d'îles qui ont une base commune. S'il était possible de soulever les îles comme on tire une épave du fond de la mer, on verrait les intervalles qui les unissent les unes aux autres. Ce sont ces liens entre les vers et parfois entre les poèmes que le critique s'efforce de rétablir.

Les transformations que subit le poème « Tu ouvres les yeux... » nous permettent de voir le poète à l'ouvrage et d'anticiper sur son développement. La première version, qui date de 1931 (*L'Action de la justice est éteinte*), porte le titre « L'amour » :

Les mains neutres des squelettes stoïciens pour caresser tes cheveux
Réglisse noire les mois de disette
Tu fermes les yeux sur la carrière d'ocre inexploitable
Tu bois dans un épieu l'eau souterraine
Tu es pour la feuille hypnotisée dans l'espace
A l'approche de l'invisible serpent

Nous voilà loin des lieux de débauche, loin de « L'enveloppe sentimentale de la violence / Des amants nuls et transcendants » (« L'ambition » dans *Le Marteau sans maître* de 1934). Après avoir traversé le désert de plusieurs textes énigmatiques, le lecteur tombe sur une source d'eau vive, et s'il a déjà pratiqué le reste de l'œuvre, il lui semblera entendre le cri du « Visage nuptial » : « J'aime. » « Tu ouvres les yeux... » inaugure une longue série de poèmes d'amour où René Char, avec un tact admirable, évoque les relations charnelles.

L'exorde n'en est pas moins abrupt. Char escamote les verbes comme dans un télégramme. Qu'on mesure la distance qui sépare les premiers vers de ce poème de « Madeleine à la veilleuse » : « Je voudrais aujourd'hui que l'herbe fût blanche pour fouler l'évidence de vous voir souffrir... » Dans les deux cas, Char suggère une hypothèse afin de nous faire partager son émotion. Les stoïciens sont réputés insensibles. Il faudrait avoir leurs mains pour faire durer le plaisir, sortir d'une disette pour savoir apprécier la réglisse noire de ces cheveux.

Dans le troisième vers, le poète compare les yeux de sa bien-aimée à une carrière d'ocre. Ces carrières se trouvent en Provence. Jusque-là, René Char s'interdisait toute allusion à sa terre natale. Ce ne sera plus le cas après la guerre. Dans *Le Nu perdu*, un banc d'ocre entrevu au retour d'une manifestation va permettre au poète de reprendre courage (PL, p. 435).

Bien que l'interprétation des autres images ne soit pas trop difficile, il est malaisé d'en parler en termes explicites. La métaphore n'est pas une équation qui se laisse résoudre mathématiquement. Dans les images poétiques, le comparant empiète sur le comparé et en modifie le sens. Le symbole du serpent, qui remonte à la nuit des temps, est resté vivant parce qu'il est proche de la réalité vécue. Dans *Le Marteau sans maître*, le serpent n'a pas encore pris le sens emblématique qu'il aura plus tard pour René Char. Mais sa signification se précise grâce au vers ajouté en 1934 : « Moelle de la digitale ». Il suffit de regarder les fleurs de la digitale pour comprendre que le serpent suggère le membre viril et la fleur, le vagin. Le mot « digitale » a la même racine que le mot « doigt », « la moelle » est à l'origine de l'adjectif « moelleux ». Char pensait un certain temps écrire « incube de la digitale », mais cette image aurait été trop affirmative, l'incube étant un démon masculin qui abuse des femmes pendant leur sommeil [5].

Faut-il prêter à l'épieu dans lequel la bien-aimée boit « l'eau souterraine » la même signification qu'au serpent ? Peut-être, le serpent aurait alors un caractère combatif, il serait le « serpent à genoux » (PL, p. 449) qui attaque (l'épieu est une arme), tandis que sa partenaire, hypnotisée par son regard (ou par sa langue, « la feuille »), n'offrirait à son « ascension furieuse » qu'une résistance limitée, « le jeu des berges arides » (PL, p. 189).

Dans la version définitive, le poème change de titre : « L'amour » est remplacé par « Tu ouvres les yeux... » Les deux premiers vers, qui détonnaient avec le reste, sont biffés. Ce qui surprend davantage, c'est qu'au troisième vers, « Tu fermes » est remplacé par « Tu ouvres ». Si l'image de la carrière d'ocre désigne la couleur des yeux, les deux verbes se valent. Mais il n'est pas rare de voir René Char prendre le contre-pied de sa première ébauche, et partant, de nos habitudes. La transformation du dernier vers en « O ma diaphane digitale ! », où une partie (la digitale) est prise pour le tout (la femme), est aussi inattendue. Après avoir éclairé le sens qu'il prête au serpent par l'adjonction du dernier vers, le poète le voile de nouveau.

Ce va-et-vient du processus créateur, qu'on nomme depuis Rimbaud l'alchimie du verbe, n'apparaîtra qu'en filigrane lors de la relecture du poème. On fera bien de se laisser entraîner par le rythme des vers et par le charme des images sans vouloir les analyser :

Tu ouvres les yeux sur la carrière inexploitable
Tu bois dans un épieu l'eau souterraine
Tu es pour la feuille hypnotisée dans l'espace
A l'approche de l'invisible serpent
O ma diaphane digitale !

*

Le Marteau sans maître contient un texte étrange, qui a été écrit à Paris au cours du mois de septembre 1930 : *Artine.* Il paraît fin novembre aux Editions surréalistes en 215 exemplaires. Que le nom d'Artine soit né d'une boutade du poète comme l'écrit Jean-Claude Mathieu (Char aurait dit à Eluard qu'il était le Lamartine du surréalisme, et même un Lamartine sans Lame [6]) ou d'une anagramme du latin « femina in arte » comme le suppose Aleksandra Manka [7], peu importe. Mais ce que nous raconte le poète dans *Sous ma casquette amarante* (PL, pp. 833-834) mérite d'être signalé. Quand il était jeune homme, René Char fréquentait les courses. Un jour, il y rencontre une jeune fille blonde qui le fascine. Ils se penchent l'un vers l'autre, ils s'embrassent. Mais la jeune fille est rappelée par son père et ils se perdent de vue. Quelques années après, le poète l'aperçoit de nouveau, cette fois en compagnie de sa mère, sur la route d'Avignon. Roulant dans un cabriolet, aussi belles l'une que l'autre, mère et fille offrent un spectacle éblouissant. René Char apprend que la jeune fille s'appelle Françoise de M., qu'elle habite la chartreuse de Bonpas et qu'elle va se marier. Ce sont ces souvenirs qui affleurent dans *Artine,* de même que celui d'un autre événement qui l'a tout autant frappé. Une fois que le poète était seul à la maison, une jeune fille se présente à la porte et lui demande si sa mère a besoin d'une bonne. Il la prie de lui laisser son nom, elle griffonne quelque chose sur un bout de papier. Lorsqu'elle est partie, Char y découvre le nom d'une jeune fille qui s'est noyée récemment et dont son ami et lui ont vu l'épitaphe au cimetière de L'Isle : Lola Abba, 1912-1929. A la rencontre de ces deux femmes se sont ajoutées d'autres, par exemple celle d'une jeune Espagnole auprès de laquelle le poète aurait écrit *Artine.*

Artine est faite de plusieurs personnages en surimpression, qui représentent tous « l'être impondérable »[8], la belle inconnue qu'on n'attendait pas, l'étoile fascinante, dont on ne peut détacher les yeux, comme le montre la phrase d'Achim d'Arnim qui figurait en exergue des premières éditions (PL, pp. 1162-1163). Les surréalistes guettent cette apparition du surréel, la nouvelle source d'inspiration, allant jusqu'à insérer dans un journal parisien l'annonce suivante (PL, p. 1234) :

> *POÈTE CHERCHE modèle pour poèmes. Séances de pose, exclusiv. pendant sommeil récip. René Char, 8* ter, *rue des Saules, Paris. (Inut. ven. avant nuit compl. La lumière m'est fatale.)*

Artine est dédiée « Au silence de celle qui laisse rêveur ». Char avait d'abord écrit « A l'absence... »[9], et la phrase occupait toute la page. La fascination qu'exerce la femme vient de son apparition imprévue, elle se donne et se reprend, laissant derrière elle un grand vide.

Il existe quatre versions du paragraphe 4 d'*Artine.* A partir de 1934, il a la teneur suivante :

> *Artine traverse sans difficulté le nom d'une ville. C'est le silence qui détache le sommeil.*

Char avait d'abord écrit :

> *Artine traverse sans difficulté le nom d'une ville. Invariablement un couloir s'ouvre derrière ses pas. Le silence s'y engouffre aussitôt.*

L'arrivée d'Artine vous coupe le souffle comme la lecture d'un beau poème. Celui qui la voit passer reste interloqué. Quand elle a disparu, il brûle d'un désir inassouvi. Char sait que l'absence est la plus fidèle des présences ; lorsque nous sommes séparés d'un être aimé, son souvenir nous obsède. Dans *Claire,* il fait dire au jeune homme que l'amour est « une capacité d'absence » (PL, p. 883) ; dans *Lettera amorosa,* qui est comme *Artine* une méditation poétique sur une femme qui s'est éloignée, il note que l'absence place l'être « à mi-longueur du factice et du surnaturel » (PL, p. 345).

Contrairement à « Eaux-mères », *Artine* n'est pas un récit de rêve. C'est une suite de tableaux oniriques qui empruntent au rêve son flou, sa discontinuité. Mais les éléments qui rapprochent le poème du rêve proprement dit abondent. L'auteur parle du lit qu'on lui a préparé, de la nuit, d'un édredon en flammes ; quand Artine surgit, il se trouve en état de léthargie (ou d'« inconscience », selon une variante). Il se rend compte cependant que les apparitions d'Artine dépasseront le cadre du sommeil et le hanteront désormais « en dehors du temps sexuel ». Ces allusions au décor nocturne alternent avec des notations précises qui s'expliquent par les indications données par l'auteur. Le poète se souvient de l'hippodrome où il a rencontré Françoise de M., de la soie qui la drapait, de « la voiture à chevaux lavée et remise à neuf » qui l'emportait quand elle s'échappait de chez elle pour fuir les importuns et retrouver sa liberté d'esprit (et peut-être ses amants). Mais entre les visions du sommeil et le vécu, il y a les passages qui relèvent directement des recherches que faisaient les surréalistes pour mettre les racines de l'inconscient au jour. Il faut se rappeler avec quel sérieux ils dissertaient de la sexualité. René Char était tenu à chercher lui aussi de nouvelles formes au moment où Eluard et Breton déclaraient dans *L'Immaculée conception* que la ballade, le sonnet, l'épopée et le poème étaient des genres caducs [10].

René Char a écrit un second poème à la mémoire de Lola Abba, la jeune noyée, où les indices situationnels et l'émotion qu'éprouve le poète, qui se compénètrent dans *Artine,* sont rigoureusement séparés. Dans « La manne de Lola Abba » (la version de 1945 du « Retour de Lola Abat »), le narratif est placé en exergue, tandis que le poème se réduit à quelques phrases. Si l'argument gagne en clarté, la leçon que le poète en tire est déroutante. René Char a poussé jusqu'à l'extrême « La réception vécue écourtée de la réalité » (PL, p. 61). On peut se demander si le poème, expurgé de ses déchets, alambiqué, est encore viable.

Artine finit par une conclusion tranchante : « Le poète a tué son modèle. » René Char aime brusquer les adieux pour repartir à zéro. « L'aigle est au futur », déclare-t-il dans *La Bibliothèque est en feu* (PL, p. 377), et dans *Partage formel* : « A chaque effondrement des preuves le poète répond par une salve d'avenir (PL, p. 167). »

Mais il existe une lettre d'adieu, où le poète prend congé d'Artine avec plus de tact et de finesse et lui explique les raisons de sa défection. Elle a paru dans *Le Surréalisme au service de la révolution* et figure dans les premières éditions de *L'Action de la justice est éteinte* (PL, p. 1235). Le poète constate que les liens se sont relâchés entre lui et son inspiratrice, qu'ils sont devenus étrangers l'un à l'autre. René Char n'est plus le fils de famille attiré par les hippodromes, mais un individu suspect dont la tenue négligée éveille la méfiance des bien-pensants. Vu que « l'oppression fuse de toutes parts » [11], il a décidé de s'engager de l'autre côté de la barricade. Les peupliers des champs de course, la pelouse et le pesage ne l'intéressent plus. Il a changé de bord et déclare à Artine : « Je me meus dans un paysage où la Révolution et l'Amour allument, de concert, d'étonnantes perspectives... »

La lettre à Artine nous vaut un portrait de Françoise de M. et son adresse :

> *En temps opportun, une jeune fille à taille de guêpe apparaît, égorge un coq, puis tombe dans le sommeil léthargique, tandis qu'à quelques mètres de son lit, coule tout un fleuve et ses périls.*

La jeune fille à taille de guêpe, c'est Françoise de M., le fleuve qui coule à ses pieds, la Durance. Qui est le coq ? Serait-ce un de ses admirateurs ? Dans le poème, nous lisons qu'une manœuvre maladroite faisait tomber de temps à autre sur la gorge d'Artine une tête qui n'était pas celle du poète.

C'est à quelques mètres de la chartreuse de Bonpas, sur la route de Caumont-sur-Durance, que le titre de *Ralentir travaux* a été trouvé par Breton, Eluard et Char. Ils circulaient en voiture lorsque cet écriteau des ponts et chaussées leur tapa dans l'œil et leur suggéra le titre du livre qu'ils étaient en train d'écrire [12]. Char y voit une curieuse coïncidence. Selon lui, le nom de Françoise de M. n'aurait pas été prononcé (PL, p. 833).

*

Pour se faire une idée du climat spirituel dans lequel les poèmes du *Marteau sans maître* (notamment ceux de *L'Action de la justice est éteinte* et des *Poèmes militants*) ont été écrits, il faut lire les articles que René Char a publiés dans *Le Surréalisme au service de la révolution*. Ce sont des textes d'une extrême violence, où Char s'en prend à toutes les valeurs du système social, que ce soit la morale, l'ordre, l'argent, l'armée ou l'Eglise. Rien ne trouve grâce à ses yeux, ni la famille, ni même l'amour maternel. C'est comme s'il devait se purger de tous les principes qu'on lui a inculqués, renier les siens et leurs idées. Mais ce refus ne s'arrête pas là, il englobe dans le même mépris la pensée rationnelle et la langue de ceux qui veulent parler « comme les livres ». On sait que la langue est à la fois le produit et le support de l'ordre social. Pour ébranler l'édifice, il faut s'attaquer au système de communication qui lui sert de base. Char ne s'en fait pas faute, invoquant Sade et Ravachol pour démasquer la morale traditionnelle et saper l'ordre établi.

Comme les articles de Char ne figurent pas dans ses *Œuvres complètes,* il est indispensable d'en citer quelques passages :

> *Ce qui nous tient à cœur c'est la destruction totale de l'édifice où vient périodiquement se pencher à une fenêtre condamnée la vieille fille tricolore. (*Le Surréalisme 1, p. 23*)*
>
> *On feint d'ignorer qu'à l'étage* au-dessous *des hommes vivent à petit feu, en proie à la cire et à la chaux, l'horizon barré sur une heure où les aiguilles se confondent. (*Le Surréalisme 1, p. 23*)*
>
> *Cependant, l'oppression fuse de toutes parts. Elle raffole des déguisements les plus vraisemblables... (*Le Surréalisme 1, p. 23*)*
>
> *Nous rejetons définitivement le mépris, cette arme trop facile dont les pauvres précédents ont déjà fait long feu. Dorénavant nous combattrons la dignité des voyous avec les moyens qu'ils nous connaissent. (*Le Surréalisme 1, p. 23*)*
>
> *Je ne plaisante pas avec les porcs. (*Le Surréalisme 3, p. 29*)*

La révolte de Char s'inscrit dans la révolte surréaliste ; Breton, Aragon et Eluard sont aussi intransigeants que lui. « Tout est à faire, déclare Breton dans le *Second Manifeste du Surréalisme* [13], tous les moyens doivent être bons pour ruiner les idées de *famille,* de *patrie,* de *religion.* » « Descendez les flics/camarades », s'écrie Aragon dans le poème « Front rouge », et Eluard constate dans une lettre à Gala : « Ça va, comme tu vois, assez bien. Tout le monde agissant est contre nous. » [14]

Il y a dans les articles de Char un mélange de rigueur et d'incohérence. Tandis que certains paragraphes annoncent le tranchant des *Feuillets d'Hypnos,* d'autres nous laissent perplexes. Char parle tantôt en son nom, tantôt au nom du groupe, le vécu individuel alterne avec les constatations générales. Comme les autres surréalistes, il est tiraillé entre la poésie et l'action politique, entre l'exploration du subconscient et les revendications sociales. Vu le décousu de ces pages, il n'est pas étonnant que quelques phrases s'en soient détachées pour entrer, sous forme d'aphorisme, dans un recueil de poèmes.

Si les bouffées de colère, les invectives et les déclarations péremptoires ne sont pas l'apanage de René Char, elles répondent cependant à un besoin impérieux de son caractère et à une nécessité poétique. En s'insurgeant contre l'ordre établi, en donnant libre cours à sa haine, le poète délivre sa vocation et s'affermit dans sa voie. « Le poète a plus besoin d'être " échauffé " que d'être instruit » (PL, p. 70), lisons-nous dans *Moulin premier*, un recueil de textes aphoristiques qui, écrit de 1934 à 1935, sera joint après la guerre au *Marteau sans maître*. René Char proclame « la loi martiale pour alimenter son inspiration » (PL, p. 63). Et cette nécessité profonde de sa vocation, qui reparaît dans d'autres œuvres, est un des fils qui permettent au lecteur de se guider dans le dédale du *Marteau sans maître*.

Le poète opte pour « le poème *offensant* », qui va prendre la relève de « la poésie courtisane » (PL, p. 70). Il ouvre le feu sur les « villages du bon sens » (PL, p. 73), son écriture est un défi, une réaction violente contre celle de ses prédécesseurs. « La calomnie des goujats et l'obstruction des ignorants » (PL, p. 75), loin de freiner ses ardeurs, l'affermissent dans ses résolutions. Bien avant de prendre le maquis, Char déclare que le poète est un réfractaire. Il est hors la loi : « L'action de la justice est éteinte là où brûle, où se tient la poésie, où s'est réchauffé quelques soirs le poète (PL, p. 728). »

Le poète se soustrait non seulement à la justice humaine, mais aussi « aux amnisties de droit divin » (PL, p. 62).

Dans *Le Marteau sans maître*, il fait de cyniques sorties contre la « loterie chrétienne » (PL, p. 67). Ses articles sont encore plus explicites. L'avènement de l'ère nouvelle ne sera possible qu'à condition que le christianisme disparaisse :

> *Sade, l'amour enfin sauvé de la boue du ciel, l'hypocrisie passée par les armes et par les yeux, cet héritage suffira aux hommes*

> *contre la famine, leurs belles mains d'étrangleur sorties des poches.* (Le Surréalisme 2, p. 6)

Et dans le numéro 4 du *Surréalisme au service de la révolution* :

> *...que le voyant extermine le croyant et le surréel aussitôt surgit, s'installe, s'impose. Univers-passion dont on ne s'évade pas, dont on ne désire plus s'évader.*

L'univers-passion que le poète appelle de ses vœux, c'est un « nouvel âge primitif » (PL, p. 35) où le courage, l'audace et l'enthousiasme reprennent leurs droits. On se rappelle l'admiration qu'éprouvait Rimbaud pour le forçat intraitable. René Char écrira plus tard à Breton qu'il n'a cessé d'aimer « les fortes têtes désobéissantes qui descendent au fond du cratère, sans se soucier des appels du bord » (PL, pp. 660-661). Dans *Artine*, il se vante de son « pouvoir de destruction » (PL, p. 18), dans les *Poèmes militants* des « meurtres productifs » commis sans que « la conscience originelle » se soit couverte « du purificateur glissement de terrain » (PL, p. 34). On dirait que certaines phrases ont été écrites dans un véritable délire de sang : « Apprends-moi à tuer, je t'apprendrai à jouir » (*Le Surréalisme* 3, p. 29). Char semble avoir été obsédé comme Villiers de l'Isle-Adam par l'idée de l'exécution capitale.

L'exaltation de la force et de la combativité, qui ne connaît ni entraves ni scrupules, ne manque pas d'étonner de la part d'un écrivain auquel on prête une haute conscience morale. Mais cette ardeur, qui se retrouve dans toute son œuvre, est d'abord et avant tout une fureur poétique, une rage de l'expression, et non pas un désir de carnage. « Ce qui fait la qualité d'un exprit poétique, c'est la proie de plus en plus dangereuse qu'il assigne au pouvoir illimité de son action », écrit René Char (*Le Surréalisme* 4, p. 12). Dès la période surréaliste, voire dès le poème « Possible », il se regarde comme un chasseur qui défie la poésie, sa proie, et lutte loyalement avec elle. Un poème de *L'Action de la justice est éteinte* porte le titre : « Le Climat de chasse ou l'Accomplissement de la poésie ». Ce titre est un programme auquel le poète restera fidèle, à la fois une philosophie et une poétique. Car le climat de chasse n'est pas seulement l'état d'esprit qui ressort des poèmes consacrés aux peintures rupestres de Lascaux, mais aussi celui qui a présidé à la naissance de la plupart des autres textes.

Le poète et la poésie forment un couple, comme nous le dit un poème de *Moulin premier* :

Je te débusque lumière
A la suite formons un couple
Tels nous serons introduits
– Oh de manière discrète ! –
A la réception vécue écourtée de la réalité
Où commande notre indifférence notre expérience ! (PL, p. 61)

Si l'affrontement entre le poète et la poésie est un combat, l'image du couple nous montre qu'il est aussi un commerce amoureux, qui permet au poète de se mesurer avec sa bien-aimée et de satisfaire ses désirs. Une volupté secrète entre dans le « paysage carnassier » (PL, p. 37) du *Marteau sans maître*. La lutte et la souffrance sont des sources de jouissances, nous le voyons dans le poème « L'Historienne », qui évoque un accident survenu aux Plâtrières du Vaucluse, où un ouvrier était tombé dans la chaux vive [15] :

L'expression d'épouvante du visage du carrier
Précipité dans la chaux vive
Asphyxié sous les yeux d'une femme
– Son dos aux veines palpitantes
Ses lèvres de fleuve
Sa jouissance grandiose

Le titre du livre *Le Marteau sans maître* est un raccourci de la poétique de Char telle qu'elle s'ébauche à l'époque surréaliste. L'image du forgeron qu'il sous-entend illustre la violence du poète, son acharnement et l'art secret qu'il exerce pour parvenir à l'inaltéré. Dans le commentaire du poème « Fréquence », nous apprenons que René Char s'attardait au sortir de l'école devant l'atelier du forgeron qui battait le fer et le trempait dans l'eau (PL, p. 1244). Le forgeron lui apparaissait comme un magicien, un alchimiste. « Porteur d'alluvions en flamme » (PL, p. 62), il semblait réduire la matière en cendres pour en libérer une force obscure. Mais l'homme et le fer collaboraient « sur la bouche enflammée de la forge » (PL, p. 131), les étincelles jaillissaient, la forge s'éclairait. « L'oiseau rouge des métaux / Vole soucieux d'embellir l'existence » (PL, p. 40), note le poète dans « L'Historienne ».

L'image du « marteau sans maître » est surdéterminée par une référence sexuelle. Char reconnaît dans les coups qui pleuvent sur l'enclume le battement de deux corps qui se joignent, dans la fureur du forgeron l'ardeur de l'amant. La « forge en couple exprimée » (PL, p. 66) engendre le phénix, l'oiseau fantastique, l'« oiseau-missel » (PL, p. 66) (sur les missels, son plumage était parsemé de gemmes) qui renaît de ses cendres. Le phénix symbolise tantôt le poème, tantôt le poète. Il se nourrit dans les rêves de « chair toute puissante » (PL, p. 44), à l'instar des « poètes carnassiers » (PL, p. 39).

Ce qui étonne dans la symbolique de Char, c'est que le marteau batte *sans* maître, tandis que le poète affiche dans ses articles et ses poèmes une détermination farouche. D'où vient que ce rebelle, cet obstiné, abdique en faveur d'un pouvoir qu'il ne contrôle pas ? Est-il possible d'établir des rapports entre le sommeil et le rêve dont il vante les vertus et sa soif de sang ?

Dans le poème « Confronts », les « rêveurs » voisinent avec les « poètes carnassiers » et nous éclairent :

> *Les mondes en transformation appartiennent aux poètes carnassiers,*
> *Les distractions meurtrières aux rêveurs qui les imaginent* (PL, p. 39)

C'est précisément *parce qu*'il plonge dans le sommeil et le rêve, qui permettent aux passions de s'épancher librement, que le poète peut donner libre cours à son ardeur. S'il s'en remettait à sa raison, il ménagerait ses forces. Mais gagné par l'enthousiasme, et se fiant à l'intuition, il s'empare de haute lutte de la vérité poétique.

*

Il arrive cependant que René Char change de registre, et que le poète-chasseur, qui brave les lois, cède le pas à un chercheur ingénieux. L'art secret de cet esprit anxieux, à l'écoute du surnaturel, est à l'opposé de la poétique agressive du contestataire. Les deux strophes de « Poètes » nous en laissent voir les arcanes :

> *La tristesse des illettrés dans les ténèbres des bouteilles*
> *L'inquiétude imperceptible des charrons*
> *Les pièces de monnaie dans la vase profonde*
>
> *Dans les nacelles de l'enclume*
> *Vit le poète solitaire*
> *Grande brouette des marécages.*

La poésie a commencé comme la géométrie par une espèce de tâtonnement. René Char compare les poètes aux esprits frustes qui aspirent à la lumière, comme s'ils étaient des vers dans leur chrysalide (« Robustes météores ») ou les prisonniers d'une bouteille verte qui les empêche de voir à travers (« Poètes »). Il les compare aussi aux inventeurs de la roue, dont la découverte a révolutionné le monde. Char est persuadé que la poésie, « avant d'acquérir pour toujours, et grâce à un seul, sa dimension et ses pouvoirs » (PL, p. 1056), existe dans le dialogue des gens simples restés attachés à la terre. Cette poésie à l'état sauvage se retrouve chez l'homme de la préhistoire, avec lequel il a de nombreuses affinités.

Le poète est un chercheur d'or, en quête du « filon de foudre » (« Métaux refroidis »). Il canalise « l'écume du monde souterrain » (« Les Soleils chanteurs »), « lave les placers » (« Crésus ») et tire les pièces de monnaie de « la vase profonde » (« Poètes »). Les métaphores géologiques abondent dans *Le Marteau sans maître*. Elles sont dans le règne minéral ce que sera dans le règne animal le bestiaire de Char. Plus tard, le paysage méditerranéen prendra la place de la géologie. La terre est pour le poète de *Moulin premier* sa « baignoire à réflexion » (PL, p. 62).

La vase et les marécages sont des lieux humides, formés d'eaux stagnantes et de particularités organiques en décomposition. Ce sont des lieux secrets, qui recèlent les traces d'une vie primitive. Dans « Poètes », René Char relève la souplesse du sol, son élasticité : les terres vaseuses n'ayant pas acquis leur consistance, il est ridicule de vouloir y entrer avec une brouette. C'est ce que fait le poète, « seigneur de l'impossible » (PL, p. 254), quitte à s'enliser.

Le métier de poète est « un métier de pointe » (PL, p. 378) : René Char insiste dans toute son œuvre sur les risques qu'il comporte. Le poète vit « Dans les nacelles de l'enclume », au centre des antagonismes, dans le lieu du plus grand danger [16]. Le ballon, auquel la nacelle est fixée, lui permet de partir pour les nuages, tandis que le lest, qui pèse lourd comme une enclume, le retient à terre.

Le poète est solitaire, comme l'araignée au seuil de la pesanteur (PL, p. 165). A l'instar de « L'homme qui marchait dans un rayon de soleil », il ne réussit pas à quitter le cône lumineux qui l'enferme. La solitude fait partie de sa condition, il garde « sa part d'exil » (PL, p. 425). Pour nous rappeler son isolement, Char avait joint à l'édition de 1934 l'épigraphe tirée de Raymond Lulle : « Le cercle est la figure conformée par une ligne circulaire. »

La plupart des images de « Poètes » réapparaissent dans le poème « Le cheval de corrida », qui a été éliminé de l'édition de 1945 :

Et que la brouette
Expose à travers les marécages
Le cerveau de ce même amour
Courtisé par les tessons de bouteilles
Application du cercle rouge

Il y a dans ces vers quelque chose de désabusé, l'expression d'une fatalité qui pèse sur le sort du poète.

*

Malgré la poétique qui se dégage des premiers recueils du *Marteau sans maître* et malgré les rapports qui s'établissent entre les poèmes, une partie de l'œuvre reste dans l'ombre, et contre toute attente, l'obscurité s'épaissit au moment même où le poète nous annonce une éclaircie, au début d'*Abondance viendra* (PL, p. 49). Les poèmes en prose qui composent le recueil ont un débit plus lent que les poèmes en vers qui les précèdent ; les phrases sont harmonieuses, abondantes et variées, et la correspondance de Char témoigne d'une haute conscience professionnelle [17]. Mais le lecteur qui ne partage pas ses hantises n'entre pas dans sa pensée, et les images, auxquelles le poète lâche la bride, ne l'y aident pas : « Les chaînes magnétiques naviguent loin des feux commandés » (PL, p. 54).

Le texte qui se rapproche le plus des autres poèmes du *Marteau sans maître* est celui qui s'intitule « Les Rapports entre parasites », un violent réquisitoire contre le christianisme, dont voici deux paragraphes :

> *L'ennemi barbouillé de rouille est coiffé d'une peau de porc-épic. Il est naturel depuis le naufrage de la justice. Il se passionne pour les infirmes. C'est une loque. Il vole les boueux. C'est une crapule. Il aime se clapir dans les plis des torchons. C'est un solitaire. Ce dieu n'a jamais osé respirer un mort intentionnel. C'est un lâche.*

Le cadavre récréatif, une fois encore, va passer dans toutes les mains. C'est la ruine des orphelins. Il faut être un fœtus pour croire à l'action corrosive des buées. Que la cagoule se détraque...

Quand on a compris que la peau de porc-épic désigne la couronne d'épines de Jésus, tout s'explique. L'ennemi « barbouillé de rouille », c'est le Christ crucifié couvert de sang. Char lui reproche la guérison des paralytiques, le voile de Véronique, la condamnation du suicide. Il en veut à l'Eglise des miracles faits par l'attouchement d'une relique, des « buées » du confessionnal et des cagoules des pénitents. Ses propos blasphématoires sont soulignés par des injures dignes d'un cocher de fiacre. René Char renouvelle les attaques qu'il a lancées contre l'Eglise dans *Le Surréalisme au service de la révolution*. Mais sous le voile d'images que le lecteur pressé ne comprend pas, ses insinuations sont encore plus perfides. Quiconque se donnera la peine d'en percer le secret ne les oubliera pas de sitôt.

Le poète oppose au naufrage de la justice chrétienne l'esprit réaliste de la préhistoire, le « jaillissement des conventions primitives » (PL, p. 71). Pour le témoin antédiluvien qu'il invoque, les trois règnes de la nature se manifestent par ce qu'ils ont de plus agressif : le règne végétal par la plante carnivore, dont le poète carnassier va prendre la relève ; le règne minéral par le radium qui rayonne comme le « phosphore poétique » (PL, p. 65) ; le règne animal par le tigre, qui représente sans doute la luxure comme la panthère dans *La Divine Comédie* (« Creusez le phénix, vous dégagerez Sodome, le tigre » (PL, p. 66)). Ces images nous montrent que, chez Char, la symbolique se double souvent d'une poétique.

La plupart des poèmes d'*Abondance viendra* ont été écrits à Saumane, où René Char et sa femme, qui est en convalescence, se sont retirés en été 1933. Le poème « Migration » fait allusion à ce changement de résidence, mais rien ne porte à croire que l'air du pays natal (Saumane est à six kilomètres de L'Isle-sur-Sorgue) ait délivré le poète de ses inquiétudes : bien qu'il soit à la campagne, « l'homme morne et emblématique vit toujours en prison ». Nous retrouvons dans « Migration » les thèmes connus : les hantises de l'homme des cavernes dont s'inspire le poète et le couple du dormeur et de la bien-aimée, d'Hypnos et de la poésie. Mais ces idées se sont décantées : « la fabuleuse simulatrice », l'intuition divinatoire qui a permis à Breton et à Eluard de reproduire les discours d'aliénés « a rejoint ses quartiers d'étude », comme une armée prend ses quartiers d'hiver.

« Il advient au poète d'échouer au cours de ses recherches sur un rivage où il n'était attendu que beaucoup plus tard... » Cette phrase de *Moulin premier* (PL, p. 71) est confirmée par un brouillon du poème « La Luxure », qui résume les observations qui se sont imposées au fur et à mesure de la lecture du *Marteau sans maître* et anticipe sur la suite de l'œuvre. On peut se demander pourquoi ces vers n'ont pas été retenus. Est-ce parce qu'ils étaient trop explicites, parce qu'ils nous offraient un modèle d'analyse au lieu de nous tenir en haleine ? Quoi qu'il en soit, ils nous permettent de faire le point :

> *Et la fatalité*
> *Veut que la proie convoitée*
> *Soit précisément la proie fuyante*
> *Celle qui palpite et tremble*
> *Continuellement* (PL, p. 1165)

La proie après laquelle le poète s'acharne est une proie insaisissable, agile comme un chamois qui s'échappe dès qu'il est à portée de fusil. Or, pour que sa victoire soit réelle, il faut que le poète s'en empare sans l'achever, qu'il lui tende un piège et nous la montre vivante, palpitante, tremblante. René Char veut nous associer à sa chasse, d'où la nécessité du clair-obscur de ses poèmes. Les « maîtresses ombres » (PL, p. 744) font partie intégrante de l'œuvre. Il est naturel que nous essayions de les dissiper, et plus nous nous plongerons dans les textes, plus nous nous familiariserons avec eux. Mais nous n'en viendrons pas à bout, la poésie étant rebelle à ceux qui veulent la soumettre. C'est ce caractère subversif, ce défi qu'elle nous lance qui la rend vivante et qui fait que nous y revenons constamment.

2

L'ÉCRITURE COMME EXORCISME ET COMME DÉFI

En 1935, lorsqu'il prend ses distances à l'égard du surréalisme et tente, de retour à L'Isle-sur-Sorgue, de redresser la situation familiale au sein de la Société anonyme des plâtrières de Vaucluse, René Char aborde une des périodes les plus difficiles de sa vie. La gestion de la société l'écœure, il sent que ses activités sont incompatibles avec ses idées et s'ennuie de ses amis. A ces préoccupations personnelles s'ajoutent les nuages qui se forment à l'horizon politique : la montée du fascisme en Europe, la guerre d'Espagne, les luttes sociales en France.

En avril 1936, René Char tombe malade. Une septicémie, non diagnostiquée dans les délais, manque de l'emporter. Il est sauvé grâce à la perspicacité d'un jeune médecin, mais la convalescence est lente. Il la passe à Céreste (étés 1936 et 1937), au Cannet et à Mougins.

Il n'existe apparemment aucun rapport entre la maladie de Char et son état moral. On serait cependant tenté de voir dans le mal dont il est atteint comme un écho physique de la crise qu'il traverse. S'il s'en tire, c'est non seulement grâce aux soins qu'on lui prodigue et grâce à sa constitution robuste, mais aussi grâce au rôle exorcisant qu'assume l'écriture. Après une éclipse passagère, la poésie reprend le dessus, le poète contre-attaque. Ses poèmes sont un défi au mal, à celui qui le ronge et à celui qui ravage le monde.

Char s'est prononcé à plusieurs reprises sur les difficultés de l'avant-guerre, entre autres dans l'« Arrière-histoire du Poème pulvérisé », à propos du poème « Biens égaux » :

> *Je sortais d'une grave maladie (1936) et j'avais beaucoup médité. L'approche de la catastrophe me brûlait. Le mal et ses aides m'exaspéraient, m'indignaient. Cent colères, des brouilles, des pugilats même avec des gens fréquentés et des inconnus ont marqué les journées de ce temps d'angoisse.* [18]

Vu la gravité de la crise, il fallait que la réplique fût massive. Elle se fit au moyen de deux recueils qui se complètent, et dont la rédaction s'échelonne sur les années 1936 à 1938 : *Placard pour un chemin des écoliers* et *Dehors la nuit est gouvernée*. Les deux recueils ont été réunis en un seul en 1949.

Placard pour un chemin des écoliers s'inspire des souvenirs d'enfance. Mais le temps n'étant pas aux idylles, le poète oppose sa jeunesse à celle des enfants d'Espagne :

> *Lorsque j'avais votre âge, le marché aux fruits et aux fleurs, l'école buissonnière ne se tenaient pas encore sous l'averse des bombes. Les bourreaux, les candides et les fanatiques se tuaient bien, s'estropiaient bien quelque part entre eux à des frontières de leur choix, mais leur marée meurtrière était une marée qu'un détour permettait d'éviter : elle épargnait notre prairie, notre grenier, nos huttes.* (PL, p. 89)

Le recueil comporte sept poèmes, dans lesquels Char évoque les vagabondages des élèves au sortir de l'école, les premiers rendez-vous clandestins et l'éveil des désirs. Le poète se voit rôdant dans les terrains vagues, allant à la découverte des quartiers louches et s'acoquinant avec les marginaux qui s'installent en dehors de la ville. Ce sont des thèmes qu'on retrouve dans d'autres poèmes, tels que « Déclarer son nom », « Jouvence des Névons », « L'adolescent souffleté », « Biens égaux » et « Suzerain ». Mais contrairement aux poèmes de *Fureur et mystère* et des *Matinaux*, ceux du *Placard* sont écrits en phrases courtes, saccadées et haletantes, qui les rapprochent des *Poèmes militants*. Ces vers raboteux reflètent l'anxiété de l'auteur, tiraillé entre l'accablement et la confiance, et le drame des enfants espagnols, qu'une guerre cruelle immole impitoyablement.

Char craint d'être trop banal, trop édifiant. Il soumet à Eluard les poèmes « Compagnie de l'écolière » et « Exploit du cylindre à vapeur », qu'il taxe d'ultra faciles, pour savoir ce qu'il en pense. Si son ami les trouve quelconques, il les supprimera [19]. Les poèmes, tout en étant plus intelligibles que d'autres, sont loin d'être à la portée de n'importe quel lecteur. Quand plusieurs voix se relayent comme dans « Allée du confident » ou « Compagnie de l'écolière », Char se plaît à brouiller les pistes en nous laissant deviner qui parle.

Jean-Claude Mathieu a analysé dans *La Poésie de René Char* les poèmes réunis sous le titre « Quatre âges » [20]. Ce sont des textes plutôt courts où l'auteur cherche à fixer quatre moments de la vie : l'obsession de la chair, les rapports ambigus entre frère et sœur, la force de l'âge et l'assoupissement des sens.

Le début du premier poème assigne à chaque chose son terme et sa hantise :

L'automne pour la feuille
L'eau bouillante pour l'écrevisse
Et le favori le renard
Ivre sur les épaules de l'Actrice

La suite est énigmatique :

Soudé au balcon orange
Un névé de boucles
Campe dans l'anxiété de mon cœur.

Sans les informations que nous donne Mathieu, nous nous perdrions en conjectures. Enfant, René Char aperçut au domaine de Pardigon près de Cavalaire, une femme qui bronzait nue sur un balcon au soleil couchant. Cette vision de la femme, de son corps et de la toison blonde du pubis (« Un névé de boucles »), lui brûla le sang et se grava dans sa mémoire. Dans ce poème, il compare son obsession à celle de la feuille (l'automne), de l'écrevisse (l'eau bouillante) et du renard (les épaules de l'actrice). Si nous n'avions pas connaissance de ce que le poète a vécu (le poème en soi n'est pas assez explicite pour nous le suggérer), si nous ignorions ce qui ébranla son imagination (le mouvement « souverain »), nous serions incapables de faire ce rapprochement et de ressentir à notre tour son émotion.

Les problèmes que soulève le troisième poème sont différents :

Les poings serrés
Les dents brisées
Les larmes aux yeux

La vie
M'apostrophant me bousculant et ricanant
Moi épi avancé des moissons d'août
Je distingue dans la corolle du soleil
Une jument
Je m'abreuve de son urine.

Pour Georges Mounin, c'est la *Marseillaise* de René Char[21]. Les premiers vers nous montrent l'air résolu qu'il affiche bien avant de prendre le maquis. Au ricanement de la vie (et de la mort), il va répondre par ses propres sarcasmes : « Gardez-nous la révolte, l'éclair, l'accord illusoire, un rire pour le trophée glissé des mains... » (PL, p. 639). Ce mouvement ascensionnel débouche sur l'image du poète, homme debout, « épi avancé des moissons d'août ».

Le mois d'août, fructidor dans le calendrier républicain, est le mois des récoltes. On se rappelle la promesse du *Marteau sans maître :* « abondance viendra ». Char a « l'obsession de la moisson » (PL, p. 754), il écrit dans *Les Loyaux Adversaires* :

Redonnez-leur ce qui n'est plus présent en eux,
Ils reverront le grain de la moisson s'enfermer dans l'épi et s'agiter sur l'herbe. (PL, p. 242)

Et dans *Contre une maison sèche* :

Cœur luisant n'éclaire pas que sa propre nuit.
Il redresse le peu agile épi. (PL, p. 482)

Le poète est à la fois l'épi et le moissonneur. Les champs se reconnaissent en lui :

Champs, vous vous mirez dans mes quatre moissons. (PL, p. 397)

Mais il ne s'arrête pas à cette image rassurante qu'il donne de lui-même. Dans les derniers vers, il laisse le monde qui lui est familier derrière lui pour pénétrer dans le domaine de la surréalité et du rêve :

Je distingue dans la corolle du soleil
Une jument
Je m'abreuve de son urine.

Il est vain de vouloir rattacher cette vision à un souvenir d'enfance, comme pour le « balcon orange » du premier poème.

Tout au plus peut-on rappeler que l'urine est le résultat d'une sorte de distillation, de filtration, comme l'alcool, et que sa couleur est celle du soleil. « Urine eau-de-vie du rêve », écrit le poète dans « La mère du vinaigre » (*Le Marteau sans maître,* 1934). Littré note qu'uriner contre le soleil était défendu par d'anciennes religions. Si le poète fait le contraire, s'il absorbe l'urine du soleil, c'est pour lui rendre hommage et pour lui emprunter sa force. Mais ces commentaires ne suffisent pas à éclairer ces vers, dont le rayonnement poétique est d'autant plus grand que le sens profond se dérobe. « Ceux qui partent pour les nuages / Se séparent de leur raison (PL, p. 811) », écrit Char dans un poème de jeunesse.

Lors de ses séjours à Céreste, René Char fréquente les quatre frères Roux : René, qui était maître d'internat à L'Isle-sur-Sorgue, Jean, Georges et Claude. Georges Louis Roux, qui a gardé un souvenir radieux de cette époque, évoque, dans le cahier de *L'Herne* consacré à Char, les randonnées que ses frères et lui faisaient avec leur ami, « le grand René ». Lorsque l'aîné des Roux mourut de tuberculose, René Char voulut publier les pièces de vers qu'il laissait et demanda à ses frères de joindre leurs productions aux siennes. Ainsi naquit le recueil des quatre frères Roux, préfacé par René Char (1939). Georges Louis Roux se rappelle les conseils que le poète leur donna, notamment celui de ne rien emprunter à autrui et d'éviter les mots abstraits. C'était une expérience que Char lui-même venait de faire. A partir du *Placard,* les images abstraites deviennent plus rares tandis que les termes provenant du vocabulaire de la chimie (ou de l'alchimie), assez fréquents dans *Le Marteau sans maître,* disparaissent entièrement.

Le poème « Allée du confident II » est l'histoire d'un coup de foudre. Il pourrait illustrer ce qu'en dit Stendhal : la femme néglige toute précaution et se livre en aveugle au bonheur d'aimer. Cette femme cependant n'est pas, comme chez l'auteur de l'*Amour,* une grande dame de la cour d'Allemagne, c'est une écolière éprise d'un étranger au teint basané, aux allures de félin (« Puma mon bien-aimé »), et l'orage qui éclate dans son cœur est visible dans le ciel. « Allée du confident » annonce les poèmes de la maturité, où les sentiments de l'auteur se projettent sur le paysage. Mais l'espace qui s'ouvre devant nous est restreint. Il se limite à la route, aux buissons, au cèdre frappé par la foudre et au ciel qui est en nage, comme la fille elle-même.

Une fois le désir assouvi, le sacrifice consommé, la fièvre tombe, l'orage déclenché par l'amour s'apaise. La terre fume comme après un incendie ou une averse. Les yeux de la fille, qui brillaient de convoitise, s'appesantissent :

Le ciel fou recula
La bave du feu se terra
Une buée d'ossements parut dansa avec des nains
Une prunelle d'eucalyptus devint une lune embaumée.

A la fin du poème, le poète sort de sa réserve et engage l'écolière à persévérer dans cette voie.

Ce que Char conseille aux frères Roux, ce qu'il cherche à réaliser lui-même dans ses poèmes, Eluard l'exprime dans la conférence qu'il prononce à Londres à l'occasion de l'Exposition surréaliste :

Tout est au poète objet à sensations et, par conséquent, à sentiments. Tout le concret devient alors l'aliment de son imagination et l'espoir, le désespoir passent, avec les sensations et les sentiments, au concret [22].

*

C'est du désespoir de leur auteur que se nourrissent les poèmes de *Dehors la nuit est gouvernée,* écrits pour fuir l'asphyxie et remonter le courant. Ils comptent parmi les plus difficiles que Char ait composés. Dans l'introduction de 1949, il note :

... les poèmes de Dehors la nuit est gouvernée *obéissaient dans mon esprit, quand ils furent écrits, à l'exigence d'une marche forcée dans l'indicible, avec, pour tout viatique, les provisions hasardeuses du langage et la manne de l'observation et des pressentiments.*

René Char, qui relève de maladie, est obsédé par ce qu'il a vécu et porté à en parler. Il se rappelle son entrée à l'hôpital, la lumière crue sous laquelle il a été ausculté, les jalousies baissées de sa chambre, les accès de fièvre, le délire et sa maigreur extrême. A ces images s'ajoute « une angoisse de fin du monde » (PL, p. 1240). La maladie ayant aiguisé sa sensibilité, il se sent solidaire des ouvriers qui luttent pour leurs droits (« Tous compagnons de lit ») et prévoit la catastrophe qui va s'abattre sur l'humanité.

Dès le début du recueil, le souvenir de sa maladie et la dénonciation de l'injustice sociale alternent et se recoupent. En évoquant les souffrances qu'il a endurées, en se révoltant contre les conditions dans lesquelles ses semblables sont forcés de vivre, le poète réagit contre le mal et reprend le dessus. Mais une autre hantise l'habite, celle de la femme. Les rapports qu'il entretient avec elle semblent tout d'abord tendus. Est-ce l'effet de la maladie, la faute du « Monstre » (PL, p. 103) qui l'a terrassé ? « Les liens cèdent » (PL, p. 103), la « torche du prodigue » est une « torche désaffectée » (PL, p. 109). Dans « Le Temps du store », il se demande si « un frigidaire » « chavire », tout en ajoutant qu'il est « caressé des femmes ». Par la suite, les rapports changent. « La main amoureuse » (PL, p. 107) le réchauffe, lève le doute. Dans « Le Tireur d'oublies », le poète se rappelle sa compagne (il la tire de l'oubli) ; il se souvient de sa vitalité, de son regard caressant, de sa liberté d'allures. Et dans la dernière strophe de « Dire aux miens », qui annonce « Le Visage nuptial », il en chante la gloire :

Terreur des trèfles mon égale compagne
Je sais que le fardeau du soleil s'ensevelit en toi
Lorsqu'il me porte irrésistiblement à vivre
Je t'admire de pouvoir regarder sans fatigue les épaisseurs de forêts dans mes mains continues se transformer en sable
Notre sueur dans le miroir de notre amour comme au premier jour bourdonne d'électricité.

Le désir qui renaît en lui est une « force d'*ascension* » (PL, p. 214), qui l'arrache à la langueur et le remet d'aplomb tout comme la parole. Dans un vers du poème « A un fantôme de la réflexion surpris chez les pleutres de la providence » (un titre qui en dit long sur son état de santé et ses rapports avec l'Eglise), René Char avait développé cette idée : « Le verbe et le désir interprètent l'espace »[23], la reprise de l'activité poétique et un retour de tendresse lui rendent son essor. C'est sans doute parce qu'il était trop explicite que ce vers a été éliminé par la suite.

Tout au long de la lecture, on sent que le poète est partagé entre le découragement et la révolte. Il avance par à-coups ou, comme il le dit dans « Confins », « par cicatrices ». « Le Temps du store » est le poème de l'épuisement, René Char a perdu la moitié de son poids et se demande si ce n'est qu'un acompte, s'il ne va pas devoir payer plus cher. Malgré un sursaut d'énergie aux vers 4 à 6, il constate que

La chaise où transpirait l'infirme
Remplace l'arbre libertaire.

Dans le poème « Dehors la nuit est gouvernée », qui a donné son nom au recueil, il avait écrit :

La hampe du coquelicot révolte et fleur meurt dans la grâce.

Le coquelicot est un proche parent du pavot, l'emblème d'Hypnos, le dieu grec du Sommeil, auquel Char empruntera son nom de guerre.

Contrairement au « Temps du store », le poème « Certitude » signale un recommencement, « un fiévreux en-avant » (PL, p. 259). Le poète fait table rase du passé, il balaye les mauvais souvenirs, le venin qui l'a terrassé, les visions qui peuplaient son délire, pour reprendre goût à la vie. C'est un farouche règlement de comptes, les négations scandent les vers, le congé de maladie (« le congé d'orage ») expire, bien que le poète, « Messager en sang », ne sorte pas indemne du combat.

René Char retrouve toute sa vigueur quand il s'en prend à la religion, par exemple dans la deuxième strophe de « Tous compagnons de lit », ou quand il dénonce, dans le même poème, la démagogie d'Outre-Rhin :

Nous ne tolérons pas d'être interrompus par la laideur comédienne d'une voix
Nous ne nous avouons pas vaincu quand dans l'homme debout le mal surnage et le bien coule à pic.

Le dernier vers témoigne de son instinct prémonitoire et montre quelle sera son attitude sous l'occupation. Ses déclarations vont se vérifier, comme le poème « Madeleine à la veilleuse » (PL, pp. 663-665) ; en payant de sa personne, il prouvera qu'il est fidèle à ses principes.

Certaines images de *Dehors la nuit est gouvernée* nous frappent par leur originalité, d'autres sont comme l'écho d'une corde qui vibre en nous, le reflet d'un souvenir qui surgit de l'oubli. Un troisième groupe enfin nous laisse perplexes, soit que nous manquions d'imagination, soit que l'expérience de l'auteur nous fasse défaut. Il est évident que les groupes se pénètrent et que la poésie est rétive à toute systématisation.

Dans une lettre adressée à Tristan Tzara, René Char écrit qu'il est « l'ombre de l'ombre à l'ombre » de lui-même [24]. Les images qu'il trouve pour évoquer sa maigreur sont particulièrement éloquentes. Dans « Dire aux siens », il note :

> *Avec un carré de ta peau je ranimerai des parachutes capturerai ces libellules à torse de boucher qui désossent l'espace.*

Et dans « Confins », où il s'impatiente contre la souffrance qui atteint les limites (les « Confins ») du supportable :

> *De cette peau tendue sur un cerceau d'espérance bâtie d'un souffle et que colore d'air hagard l'étude des jalousies*
> *Je retiens de ce fluide qui se desserre me tourmente par un foulage de buées sans entrailles comme dans cette conjecture de la dégradation du Chasseur répétée par le papier à fleurs d'une minime chambre*
> *Clarté frugale un bien limpide à l'instant de la pause*
> *Chemise prête au vœu de vêtir une larme*
> *Pour composer la plus inoccupée des routes.*

Les images sont d'une grande liberté et défient toute logique. Le poète va faire de sa peau des parachutes pour ralentir sa descente, des filets à papillons pour se délivrer de ses obsessions. Il n'a plus qu'un souffle de vie, sa peau le recueille comme si elle était tendue sur un cerceau et reflétait la lumière tamisée de sa chambre. Tout se dissout, le malade baigne dans une clarté diffuse, sa chemise (ou sa peau, s'il s'agit d'une image) s'humecte de larmes qui coulent en vain. Les images s'enchevêtrent, l'ellipse du verbe au vers 1 et l'absence de l'article aux vers 3 et 4 (s'il s'agit d'un complément direct et non pas d'une apposition) alourdissent le texte où le lecteur finit par se perdre comme s'il délirait lui-même. Un jeu de miroirs s'ajoute au chevauchement des images : le poète (le « Chasseur ») projette les tourments qu'il endure sur les murs de sa chambre et se reconnaît dans les ramages du papier peint comme Max Ernst dans ses frottages.

Les jalousies baissées ou les volets tirés qui filtrent la lumière fascinent les enfants et les malades pendant leur sieste. Comme cette situation est familière à beaucoup de lecteurs, ils saisissent aisément l'allusion qu'y fait le poète. C'est le cas dans « Confins » (« l'étude des jalousies »), dans le titre du poème « Le Temps du store », et dans deux textes ultérieurs, le titre « Volets tirés fendus » et un fragment de « Lombes » :

O nouveauté du souffle de celui qui voit une étincelle solitaire pénétrer dans la rainure du jour !

Tandis qu'il s'agit dans « Confins » d'un souvenir récent, la lumière tamisée par les jalousies ou les volets sert dans les autres poèmes d'image. « Le Temps du store » est celui de la convalescence, les « Volets tirés fendus » et la phrase de « Lombes » nous font voir le débit discontinu de la lumière mentale. Ce qui fait la beauté de l'image, c'est que, tout en nous suggérant l'idée du poète, elle ressuscite une sensation qui sommeillait en nous.

Les questions que soulève le troisième groupe d'images sont plus délicates. Elles touchent au problème de l'hermétisme qu'on reproche à René Char. Georges Mounin, un linguiste auquel nous devons le premier livre sur la poésie de Char, écrit en se rapportant aux travaux d'André Martinet « qu'il ne faut pas dépasser la densité d'information compatible avec la réception du message »[25]. Si le poète nous impose ses connotations (et Martinet lui-même lui en accorde le droit), il faut qu'il nous permette de remonter à leur origine.. Or, comme les poètes modernes ont tendance à supprimer tout ce qui est discursif, descriptif ou narratif (« Prends garde à l'anecdote », écrit Char dans *Feuillets d'Hypnos*), ils nous privent souvent des informations qui sont indispensables à la compréhension de leurs textes.

Le poème « Octroi » semble avoir été écrit à Céreste. Mais rien sauf peut-être le titre (l'octroi était un permis de circulation, le passe-debout, dans une ville entourée de murailles ; Char est en convalescence, en passe de guérir) ne rappelle le bourg pittoresque au pied du Lubéron, environné de collines couvertes de champs de blé, de lavandes ou d'amandiers. Les vers sont plus courts que dans « Dire aux miens » et dans « Confins », ils n'empiètent pas les uns sur les autres, mais ils sont d'une telle concentration et si abrupts que le commun des lecteurs perd pied. En voici les premiers :

Au sommet du glacier de l'Assiette
Voulez-vous me passer votre main
Le pouvoir d'achever le doute

A table le dos chaud des hommes se développe
Kermesse parcourue d'aloses

[...]

Voix amies le plomb des fourchettes
Navre l'ivoire de la langue
L'index de la lampe est subjugué
Le petit jour pieds nus se sauve.

On assiste à un dîner entre amis, l'assiette est comparée à un glacier, les convives jouent de la fourchette, le poète prend la main de sa voisine : c'est une « Kermesse parcourue d'aloses ». L'image est recherchée, elle n'est pas de celles qui nous touchent d'emblée. Et même quand nous apprenons que le poète condense en un instant le souvenir d'une kermesse au Rocher des Doms, au-dessus du Rhône, où l'on pêchait des aloses, et le repas de Céreste, composé d'aloses aux épinards, comme nous l'explique Jean-Claude Mathieu [26], nous restons sur notre faim. Les connotations du poète étant trop éloignées des nôtres pour nous émouvoir, nous faisons mieux de nous contenter d'une explication approximative (par exemple en pensant à un repas de fête, qui flatte le palais et les yeux) que de passer la vie privée de l'auteur au crible. Il en va des images comme des mots, certaines sont plurivalentes, d'autres amnésiques (PL, p. 378).

Quelquefois, des vers qui nous étaient fermés s'éclairent grâce à un autre texte. Il en est ainsi de ce passage du poème « Certitude » :

Sans le péril sournois du chlore aux barrages qui abritent son île publique
Ma réserve.

Ces vers étaient obscurs en 1938, mais la publication du *Soleil des eaux*, onze ans après, en donna la clef. Dans *Le Soleil des eaux*, les pêcheurs s'en prennent à une fabrique qui empoisonne l'eau de la rivière en y déversant ses déchets de chlore. Quand on sait que beaucoup de familles de L'Isle vivaient de la pêche, on comprend que le chlore aux barrages présentait pour elles un danger mortel (comme la septicémie pour Char). Les rives de la Sorgue sont d'une grande richesse naturelle. Avant la guerre, il arrivait au poète de se retirer dans les îlots boisés (« Ma réserve ») et d'y passer des journées entières.

Le recueil *Dehors la nuit est gouvernée* contient deux poèmes qui s'inspirent d'œuvres picturales. Ce sont les premiers de ce genre. Le tableau de Courbet « Les Casseurs de pierres » représentait (il a été détruit dans le bombardement de Dresde) deux hommes, un vieillard penché sur son travail et un garçon portant un panier de pierres cassées. Lorsque Courbet tomba sur cette scène, il fut frappé par la misère des deux ouvriers. Son tableau fit beaucoup d'impression sur Char qui essaya de « traduire *sans instruction,* intuitivement »[27], et sans copier le peintre, ce qu'il ressentait en le regardant et ce que les ouvriers auraient ressenti s'ils avaient pu le voir.

« Courbet : Les Casseurs de cailloux » se compose de trois strophes. Dans la première, le poète fait l'éloge du sable, une matière qui lui est familière, puisque L'Isle a surgi des alluvions de la Sorgue. Le sable a les mêmes propriétés que la paille sur laquelle le vieux casseur de pierres est agenouillé. René Char cherche à rendre ce que le sable et la paille éprouvent au contact des plumes du colombier, d'un filet d'eau et des pieds nus d'une jeune fille : « Pour rêver profondément, écrit Bachelard, il faut rêver avec des *matières* »[28]. Sable et paille sont souples et insinuants. Mais le sable, « feu gris de la rocaille », ronge les poumons (deuxième strophe). C'est une peste dont seules les tomates chapardées au crépuscule guérissent les ouvriers.

Exposés au plein soleil, les casseurs de pierres de Courbet se profilaient sur un fond sombre. Le ciel, un minuscule triangle bleu, n'apparaissait qu'en haut à droite, ce qui signifiait au dire du peintre qu'ils n'en voyaient jamais qu'un tout petit bout. Pour Char cependant, l'œuvre d'art rachète la condition misérable des ouvriers en la transfigurant. Dans la troisième strophe, le vieux cantonnier dit au jeune :

Fils cette nuit nos travaux de poussière
Seront visibles dans le ciel
Déjà l'huile du plomb ressuscite.

La même image se retrouve dans l'introduction de *Dehors la nuit est gouvernée,* où le poète écrit que la poésie, « insolite et cinquième élément », « sème ses planètes dans le ciel intérieur de l'homme ». L'huile du plomb est l'huile qui entre dans les couleurs (faites des dérivés du plomb) servant à apprêter la toile. Le tableau (ou « l'huile du plomb » lorsqu'on prend la partie pour le tout, ce que les rhétoriciens nomment une synecdoque) surgit comme une belle constellation et confère aux ouvriers qu'il représente leur titre de noblesse.

*

« Le Visage nuptial » est un poème charnière qui marque la fin d'une époque et prépare l'avenir, l'aboutissement d'une quête à la fois poétique et sentimentale, la somme des expériences de l'avant-guerre, un bilan et une trêve. Ce n'est pas un hasard si le premier des quatre poèmes qui ont été ajoutés au « Visage nuptial » dans *Fureur et mystère* portait originellement le titre « La Sieste d'Oppède ». « Le Visage nuptial » est le fruit d'une pause, d'un moment de relâche, qui se renouvellera après la guerre lorsque René Char écrira *Les Matinaux*. Mais contrairement à « La Sieste blanche » des *Matinaux*, ce grand poème d'amour, le plus long poème en vers que Char ait écrit, ne témoigne pas de son versant tempéré, mais de ses fièvres les plus fortes. Le poète est en possession de tous ses moyens, et c'est avec une maîtrise admirable qu'il orchestre ses envolées lyriques.

La composition du « Visage nuptial » s'étend sur la seconde moitié de 1938. Commencé à Maubec au pied du Lubéron en été, le poème est terminé à Paris en automne. Il paraît à la fin de l'année, en 115 exemplaires hors commerce.

« Le Visage nuptial » est divisé en douze strophes de longueur inégale. Dès la première, le poète donne le ton :

> *A présent disparais, mon escorte, debout dans la distance ;*
> *La douceur du nombre vient de se détruire.*
> *Congé à vous, mes alliés, mes violents, mes indices.*
> *Tout vous entraîne, tristesse obséquieuse.*
> *J'aime.*

René Char a adhéré au surréalisme et fait un bout de chemin avec Breton et ses amis. Puis il s'en est détaché, tout en continuant de fréquenter Eluard, Crevel, Tzara et plusieurs surréalistes belges. Il n'y a pas eu de rupture entre lui et le mouvement, mais, comme il le dit à propos de Rimbaud et de la poésie, « interruption de rapport, arrêt d'aliment » (PL, p. 728). Dans « Le Visage nuptial » cependant, cette rupture est consommée (mentalement du moins), le poète congédie ses compagnons pour être seul avec celle qu'il aime. Sans doute est-il même tout à fait seul dans la fiction du poème, et ce qu'on pourrait prendre d'abord pour un dialogue est en réalité un monologue ou un dialogue imaginaire avec une femme absente, comme dans *Lettera amorosa*. Dans les deux poèmes, il s'agit d'une mise au point, d'une sorte d'examen de conscience. Dans les deux, l'auteur relève de maladie : « Je n'ai plus de fièvre ce matin, note-t-il au début de *Lettera amorosa*. Ma tête est de nouveau claire et vacante... » Mais comme la maladie qui l'a terrassé en 1936 était spécialement grave, la joie qu'il épanche dans « Le Visage nuptial » est d'autant plus éclatante. Tout au long du poème, le poète exulte et chante sa « renaissance » : les murs qui l'enserraient sont démolis (« J'abats les vestiges »), les attaches rompues. Il abandonne les mesures de précautions pour reprendre goût à la vie et à l'amour (3e strophe).

Ce n'est pas qu'il ait été facile de sortir de la crise. Le poète se rappelle les réactions de la femme, hostile au plaisir physique (début de la 4e strophe), les perspectives sombres qui s'ouvraient devant eux, l'incompréhension mutuelle (les « voix vitreuses »), les départs précipités. Mais il est venu à bout de ces obstacles (les « lésions inventives ») et nous l'annonce triomphalement dans la 5e strophe :

Tôt soustrait au flux des lésions inventives
(La pioche de l'aigle lance haut le sang évasé)
Sur un destin présent j'ai mené mes franchises
Vers l'azur multivalve, la granitique dissidence.

La réconciliation du couple est scellée par l'union charnelle, que les images du poème « Gravité » anticipent :

J'ai pesé de tout mon désir
Sur ta beauté matinale
Pour qu'elle éclate et se sauve.

L'ont suivie l'alcool sans rois mages,
Le battement de ton triangle,
La main-d'œuvre de tes yeux
Et le gravier debout sur l'algue.

Mais dans « Gravité », l'homme n'est pas encore libéré des entraves de la maladie, il est « emmuré », et la femme n'est pour lui qu'un objet de désir, une obsession :

S'il respire il pense à l'encoche
Dans la tendre chaux confidente
Où ses mains du soir étendent ton corps.

L'« encoche » (la fente vulvaire, l'« entaille » dans le poème « Le Nu perdu »), l'emblème de la femme, le hante. Il est crispé, et lorsqu'il fait l'amour, c'est avec une précipitation forcenée, comme s'il voulait guérir d'une fièvre qui le brûle.

Dans « Le Visage nuptial », les rapports ont changé. L'amour est, au-delà de l'égoïsme et des nécessités, un don de soi, le parti pris de ne vivre que par et pour l'autre, qui fait fi aussi bien des conventions que des préventions qu'on a contre celles-ci (« Assez maudit le havre des simulacres nuptiaux », 8e strophe). Après un raccourci saisissant (« J'évoque la nage sur l'ombre de sa Présence », 3e strophe), le poète célèbre le corps nu de sa compagne (6e strophe) :

O voûte d'effusion sur la couronne de son ventre,
Murmure de dot noire !

Et dans la 7e strophe, la joie de s'unir à elle :

Et des lèvres du brouillard descendit notre plaisir au seuil de dune,
au toit d'acier.

René Char exalte l'instant, dont il tire ce qu'il peut contenir d'intensité. Si le passé affleure, ce n'est que pour rehausser la valeur du présent, tandis que le futur est rejeté violemment (10e strophe). Or, ce bonheur ne se limite pas au plaisir des sens, il n'est pas « le produit d'une capitulation » (*Lettera amorosa*), mais l'aboutissement d'une expérience commune. La femme guide l'insoumis (6e strophe), elle lui donne la force de lutter ; l'homme peut lui faire confiance. Elle est

L'amande croyable au lendemain neuf.

La femme a un visage, et c'est cette « vitre inextinguible » (7e strophe) que le poète retient finalement d'elle, après avoir évoqué son corps. Sous l'occupation, au plus profond des ténèbres hitlériennes, le poète découvrira que le visage de la femme qu'il aime tend à se perdre (PL, p. 202).

Pour se retrouver dans le dédale du « Visage nuptial », on doit étudier la signification des adjectifs possessifs, qui en sont le fil d'Ariane. Quand l'adjectif possessif désigne un possesseur qui est à la première personne du singulier, il se rapporte au poète : « mon escorte », « mes alliés », « mes violents », « mes indices », « ma renaissance », « ma durée », « ma largeur vénielle », « mes franchises », « mon cintre », « ma Pensée », « ma main pénétrable ». Quand il est à la deuxième personne, il concerne sa bien-aimée : « ton front », « ton nom », « ton exil », « ton escrime », « ton visage », « ta blessure », « ta royauté inapparente », « ta permanence », « tes flancs », « ta serre ». Ainsi, René Char se tourne dans la 1re, la 3e et la 5e strophe vers ses amis ou vers lui-même, tandis qu'il s'adresse dans la 2e et la 4e strophe à sa compagne. Les choses se compliquent quand il s'agit de la troisième personne. A la 3e strophe, « sa Présence » ne peut être que la présence de la femme. Mais à la 6e strophe, il semble qu'il faille rapporter « sa diction » et « sa plaie » au poète :

O voûte d'effusion sur la couronne de son ventre,
Murmure de dot noire !
O mouvement tari de sa diction !
[...]
Le soir a fermé sa plaie de corsaire où voyageaient les fusées vagues parmi la peur soutenue des chiens.

La beauté de la femme lui coupe le souffle, les mots lui font défaut (« sa diction » tarit). Le poète est guéri de sa maladie (« sa plaie »), qui portait l'emblème des corsaires (la tête de mort), c'est-à-dire qui aurait pu lui coûter la vie.

La première et la deuxième personne du singulier se rejoignent dans la première personne du pluriel : « notre plaisir », « nos confins », « notre liberté ». Après la « guérilla » (*Lettera amorosa*) qu'ils ont menée l'un contre l'autre, après l'amorce de la réconciliation, dont le poète retrace les péripéties, les amants se retrouvent dans l'avant-dernière strophe, où le « je », qui martèle les vers précédents dans un dernier sursaut d'égoïsme, cède le pas au « nous » :

Chimères, nous sommes montés au plateau.
Le silex frissonnait sous les sarments de l'espace ;
La parole, lasse de défoncer, buvait au débarcadère angélique.
Nulle farouche survivance :
L'horizon des routes jusqu'à l'afflux de rosée,
L'intime dénouement de l'irréparable.

L'homme et la femme ont repris de la hauteur, faisant table rase du passé, changeant de milieu et s'ouvrant à de nouvelles perspectives. Le poète, qui a pourchassé la poésie dans ses derniers retranchements, découvre qu'elle est parfois une grâce accordée par les dieux à celui qui est allé jusqu'au fond du désespoir.

Le dernier vers du poème est aussi celui dont il est issu, le vers que Char avait d'abord choisi comme titre [29] :

La Femme respire, l'Homme se tient debout.

C'est ainsi que se présente le couple au sortir de son épreuve, après avoir réussi à vaincre les obstacles. Le poète fait la part du feu, rejetant « le sable mort » pour sauver « le corps » (12ᵉ strophe). Mais il ne nous cache pas les difficultés qu'il a dû affronter. « Le Visage nuptial » est un poème touffu : de là sa richesse.

La règle qu'il recommanda aux frères Roux de tendre vers le concret, René Char ne l'a pas toujours observée. Il joue sur les mots, comme nous le montre ce vers admirable qui a retenu l'attention des critiques :

Le silex frissonnait sous les sarments de l'espace.

Le silex est une roche dure, qui servait aux hommes de la préhistoire à faire des armes et des outils. Comme l'image du silex risque d'assujettir notre pensée à la matérialité des choses, le poète lui accole le verbe « frissonner », qui jure avec la pesanteur de la pierre et donne libre champ à notre imagination. Dans la seconde partie du vers, il s'agissait au contraire de rendre une chose abstraite tangible. Char compare l'espace, qui connote pour lui l'ouverture, la soif de partir, l'élargissement de l'âme et l'ubiquité du poète, aux rameaux échevelés qui poussent sur les ceps de vigne.

Souvent, René Char fait alterner les termes concrets et les termes abstraits, et « cette scintillation très personnelle » (PL, p. 729), que l'on peut comparer aux modulations de Cézanne, qui juxtapose les teintes chaudes et les teintes froides, donne au poème son unité. Tantôt il joint une épithète abstraite à un substantif concret ou vice-versa (« ma largeur vénielle », « la granitique dissidence », « l'amande croyable », la « vitre inextinguible », « ma main pénétrable »), tantôt il multiplie les synonymes qui se déterminent réciproquement (« mes alliés, mes violents, mes indices », « se dessécher, s'emplir de ronces »). Dans les comparaisons où le comparant sert de base grammaticale au comparé, le concret et l'abstrait se relayent (« ta massue de transes », « les micas du deuil », « l'amitié de ta blessure », « l'appareil frémissant de ta permanence », « le havre des simulacres nuptiaux »). Quand ces comparaisons sont précédées d'un verbe concret, la navette entre le concret et l'abstrait se fait sur un rythme à trois temps, et le lecteur a du mal à entrer dans cette valse (« je boise l'expédient du gîte, j'entrave la primeur des survies »).

Il faudrait compléter cette analyse du « Visage nuptial » par l'étude du rythme et de la succession des sons, et voir comment « la pyramide du Chant » (PL, p. 158) varie de strophe en strophe. René Char est maître de ses moyens, il a l'oreille juste et sait donner à ses vers le mouvement du sentiment qu'il exprime.

3

LES POÈMES ALSACIENS

Le 1er septembre 1939, l'armée allemande attaque la Pologne ; deux jours après, l'Angleterre et la France déclarent la guerre à l'Allemagne. René Char est mobilisé à Nîmes, au 173e régiment d'artillerie lourde. La veille de son départ, il a des pressentiments funestes. Dans la nuit, il dort mal. Lorsqu'il entend le matin le sifflet du loriot, un sentiment de détresse l'envahit, il lui semble que la fin du monde est proche :

Le loriot entra dans la capitale de l'aube.
L'épée de son chant ferma le lit triste.
Tout à jamais prit fin. (PL, p. 137)

Le régiment de Char est transféré en Alsace. Le poète va passer l'hiver 1939-40 dans les Vosges du Nord, à une vingtaine de kilomètres de la ligne Maginot, un hiver très froid, avec beaucoup de neige. Petersbach, Struth et Hinsbourg, où son unité est stationnée, sont de petits villages isolés au bord de la forêt de La Petite-Pierre. Malgré le désespoir dans lequel le jette le temps perdu à attendre l'ennemi « derrière des canons mal utilisés »[30], il en gardera un bon souvenir et se promettra d'y revenir après la guerre :

Lorsque la guerre se taira,
– Blessure devenu berceau –
A Petersbach on reviendra
Révéler les désirs nouveaux.

Cette promesse du poème « Sur le livre d'une auberge », René Char la remplit en 1953, lorsqu'il visite La Petite-Pierre et ses environs en compagnie d'Yvonne Zervos. Les circonstances ont changé, Char n'est plus le poète surréaliste inconnu au grand public, mais l'auteur de *Fureur et mystère*, il n'est plus le simple soldat de 1939, mais un héros de la Résistance. Autant la guerre de positions était morne et déprimante, autant le retour en compagnie d'une personne aimée fut heureux.

Les poèmes alsaciens de Char comprennent aussi bien les textes écrits pendant la drôle de guerre que ceux des années 50. Ils n'ont jamais été étudiés dans leur ensemble, ce qui est d'autant plus étonnant qu'ils permettent de se faire une idée de l'évolution du poète et de comparer les deux « événements affectifs »[31] qui ont présidé à leur rédaction.

Les poèmes écrits pendant la guerre sont : « Cantonnement d'octobre », « Chaume des Vosges », « Sur le livre d'une auberge », « Pour qu'une forêt... », « Donnerbach Mühle » et « Pénombre ». Ceux qui datent du retour en Alsace : « Fièvre de la Petite-Pierre d'Alsace » et « Les parages d'Alsace ». Dans « La double tresse », Char a réuni deux quatrains qui remontent, l'un à la guerre, l'autre à 1953.

C'est à Croismare, en Meurthe-et-Moselle, que René Char se remet à écrire après avoir été mobilisé. Les vers apollinariens qu'il couche sur le papier montrent combien il est déprimé :

Il est deux heures trente, il pleut comme à minuit,
Les hommes, buissons froids, dans la boue qui les cerne,
Suivent de leurs yeux las le pas d'une lanterne
Dont la vitre est de lune et la flamme d'oubli.

Il n'est pas jusqu'aux rimes qui ne produisent cette impression de découragement, ronron d'un moteur qui tourne à vide.

A la fin de la 4e strophe de « Cantonnement d'octobre », plus longue que les autres, le mouvement se bloque. Puis il reprend pendant trois strophes avant de s'arrêter définitivement.

Trois vers de la 4e strophe se répètent à la fin du poème. Le dernier quatrain est celui qui figure dans la première édition de *Fureur et mystère* sous le titre « Chaume des Vosges ». Il est repris avec des modifications dans les éditions ultérieures et réapparaît dans « La double tresse » de *La Parole en archipel.*

Voici la dernière strophe de « Cantonnement d'octobre » :

Beauté, ma toute-droite, par les routes d'étoiles,
A l'étape des lampes et du courage clos,
Dans l'absurde chagrin de vivre sans comprendre,
Ecroule-moi et sois ma Femme de décembre.

Et voici le quatrain remanié de « Chaume des Vosges » :

Beauté, ma toute-droite, par des routes si ladres,
A l'étape des lampes et du courage clos,
Que je me glace et que tu sois ma femme de décembre.
Ma vie future, c'est ton visage quand tu dors.

Sans doute Char tenait-il à ces vers parce qu'ils résumaient pour lui toute une époque. S'il les a modifiés, c'est apparemment pour en briser le rythme et pour les rendre plus énigmatiques, plus mystérieux, suivant son habitude.

Les premiers poèmes en prose de *Fureur et mystère* remontent à l'avant-guerre. Les remarques faites dans l'« Arrière-histoire du Poème pulvérisé » à propos de « Biens égaux » nous montrent que cette nouvelle forme ne s'est pas imposée d'emblée. On dirait que le poème « Donnerbach Mühle » avec ses cinq paragraphes et son quatrain final, tout en étant un poème en prose, tient encore du poème en vers ou en versets. C'est précisément cette position intermédiaire qui en fait le charme. Mais il y a plus. Ce poème est non seulement daté, mais aussi situé. Voilà qui innove sur la plupart des textes précédents où le poète supprimait soigneusement tous les repères. La maison forestière de Donnerbach (un ancien moulin) se trouve au creux d'un vallon boisé entre La Petite-Pierre et Frohmühl, au bord d'un lac qui attire les pêcheurs et les hôtes de La Petite-Pierre. Ce n'est pas en touriste que Char apprit à le connaître, mais dans les circonstances qu'il relate dans l'« Arrière-histoire du Poème pulvérisé » et qui méritent d'être rappelées : René Char et un de ses camarades avaient été chargés par leur capitaine de parcourir les forêts à la recherche d'éventuels espions et d'étudier les possibilités de ravitaillement en cas de crise. Ils circulaient de préférence la nuit, non armés, et s'arrêtaient au moulin de Donnerbach, où un couple de forestiers francophiles leur servait « un frugal mais combien délicieux repas ». « Le retour parmi le gel de l'air, la neige voluptueuse sur le sol, des hardes fugitives de cerfs et de sangliers, était une fête royale pour la sensibilité. »[32]

Le poème « Donnerbach Mühle » est empreint de poésie et de mystère. En voici le début :

> *Novembre de brumes, entends sous le bois la cloche du dernier sentier franchir le soir et disparaître,*
>
> *le vœu lointain du vent séparer le retour dans les fers de l'absence qui passe.*

On croit percevoir non seulement les pas d'un voyageur qui s'est attardé en route, mais aussi l'écho de trois vers de Rimbaud :

> *C'est en ces bords qu'on entend*
> *Les passions mortes des chevaliers errants :*
> *Mais que salubre est le vent !* [33]

« L'angle humide du vent » a été remplacé dans le 2e paragraphe par « le vœu lointain du vent ». Comme Rimbaud, Char voit dans le vent une puissance libératrice, l'appel du large qui l'arrache à son inertie. Dans la première version, l'adjectif « humide » n'admettait que le sens propre, tandis que, dans la deuxième version, le sens propre et le sens figuré sont imbriqués l'un dans l'autre. Bien qu'il soit forcé de « vivre sans comprendre », René Char n'a pas succombé au désespoir : sa sensibilité est intacte. A l'heure du crépuscule, il guette les bruits de la forêt, gros de menaces. La cloche qu'il entend sonne le glas d'« un monde trop aimé » (4e paragraphe), comme le sifflet du loriot le matin de son départ.

Le poète, qui est soldat, se sent déplacé dans cette nature paisible, parmi ces gens qui n'aspirent qu'à la tranquillité (3e paragraphe). Son prénom (René, du latin « renasci », « renaître »), qui témoignait de sa vitalité, risque de disparaître (à l'armée, on s'annonce en indiquant son grade et son nom de famille). Dans l'argument du *Poème pulvérisé*, il note que les hommes, « l'instinct affaibli, perdent, tout en se gardant vivants, jusqu'à la poussière de leur nom ». Le poète est partagé entre la honte (« ma sœur vermeille ») et la révolte (« ma sœur furieuse »).

Le 5e paragraphe nous ramène au moulin de Donnerbach :

> *La lune du lac prend pied sur la plage où le doux feu végétal de l'été descend à la vague qui l'entraîne vers un lit de profondes cendres.*

La description de Char est d'une grande précision. Le lac épouse la courbe du vallon (il est en forme de croissant comme la lune) et reflète les forêts qu'embrase la rouille de l'automne. Mais le paysage est aussi « un relief mental »[34]. Le poète se consume comme « le doux feu végétal de l'été » qui va mourir dans les eaux, dont les fonds de vase sont la cendre. Le lac est « une sorte de néant sur terre » (PL, p. 898) dans lequel le poète se reconnaît.

Le dernier vers traduit les trois mots allemands dont le titre « Donner-bach Mühle » est formé : « Tonnerre, ruisseau, moulin. » Il est étonnant que dans le nom de ce lieu-dit, trois symboles-clefs de Char affleurent : l'éclair, l'illumination qui précède le tonnerre, l'eau, dont le spectacle a toujours fasciné le poète, et la roue du moulin, qui est une des images de la poésie (*Moulin premier*).

Dans la *Chronologie* des *Œuvres complètes*, on lit que l'Alsace a marqué profondément la sensibilité du poète. Bien qu'il n'ait pas attendu la guerre pour inclure le paysage dans son univers poétique (par exemple dans « Congé au vent »), il ne l'a jamais fait aussi délibérément que dans « Donnerbach Mühle ». On dirait même que la Provence n'est entrée dans son œuvre qu'après son séjour dans les Vosges, comme s'il avait appris à voir et à apprécier sa terre natale grâce à ce déracinement. Le fait est que René Char n'a pas grandi à la campagne, mais dans une petite ville marchande, qu'il a vécu ensuite à Marseille et à Paris, et qu'il n'a découvert l'humble réalité quotidienne de la population rurale qu'à la guerre et au maquis. Quant à la configuration du sol qui reflète ses sentiments, il en a fait l'expérience en parcourant le pays à pied ou à bicyclette.

Les Vosges du Nord sont couvertes de magnifiques forêts, qui ont frappé l'imagination de Char et qu'il a peuplées à son tour de ses rêves, de ses désirs et de ses angoisses :

Pour qu'une forêt soit superbe
Il lui faut l'âge et l'infini.
Ne mourez pas trop vite, amis
Du casse-croûte sous la grêle.
Sapins qui couchez dans nos lits,
Eternisez nos pas sur l'herbe.

Le poème « Pénombre » creuse ces idées, tout en approfondissant les impressions du poète. Il s'ouvre par une observation dont quiconque peut vérifier l'exactitude :

> *J'étais dans une de ces forêts où le soleil n'a pas accès mais où, la nuit, les étoiles pénètrent.*

La même phrase clôt le poème, rehaussée par un complément circonstanciel :

> *J'étais dans une de ces forêts où le soleil n'a pas accès mais où, la nuit, les étoiles pénètrent pour d'implacables hostilités.*

Le poète passe du concret au figuré, ce qui n'était qu'un phénomène optique laisse entrevoir à la fin du poème un avenir incertain, un danger qui plane sur la vie de l'auteur (et peut-être sur la nôtre). Seul l'homme qui sait s'affirmer, l'homme à la voix de stentor (« Fièvre de la Petite-Pierre d'Alsace »), ne se perd pas dans ces lieux enchantés. Si l'artilleur Char, tout en vivant au jour le jour (« Je me gouvernais sans doctrine... »), garde un brin d'espoir, c'est grâce à la poésie, symbolisée par le vol des hirondelles (« le secret [qui] tenait sous le rayon d'une aile »), dont il sent la présence en lui et qu'il retrouve dans la nature.

Treize ans après les patrouilles dans la neige, le poète revient en Alsace. Son œuvre s'est enrichie de deux recueils, *Fureur et mystère* et *Les Matinaux*, et de plusieurs pièces de théâtre. Le voyage de René Char et d'Yvonne Zervos a lieu en été, lorsque les forêts des Vosges sont en pleine sève. « Les parages d'Alsace » nous en donnent les principales étapes : La Petite-Pierre, le lac de Donnerbach (« Le lac redevenu le berceau du moulin... »), le rocher du Corbeau (« Sous l'auvent d'un rocher moucheté de corbeaux... ») et peut-être la tour de Hunebourg (« Une tour qu'on hisse au loin comme la toile du corsaire »). Les deux poèmes écrits à la suite de ce voyage montrent combien la poésie de Char a évolué. Bien que les circonstances aient changé, l'impression produite par les forêts est toujours prédominante, surtout dans « Fièvre de la Petite-Pierre d'Alsace » :

> *Nous avancions sur l'étendue embrasée des forêts, comme l'étrave face aux lames, onde remontée des nuits, maintenant livrée à la solidarité de l'éclatement et de la destruction. Derrière cette cloison sauvage, au-delà de ce plafond, retraite d'un stentor réduit au silence et à la ferveur, se trouvait-il un ciel ?*
>
> *Nous le vîmes à l'instant que le village nous apparut, bâtisse d'aurore et de soir nonchalant, nef à l'ancre dans l'attente de notre montée.*

> *Bonds obstinés, marche prospère, nous sommes à la fois les passants et la grand-voile de la mer journalière aux prises avec des lignes, à l'infini, de barques. Tu nous l'apprends, sous-bois. Sitôt le feu mortel traversé.*

Le moutonnement des collines et la houle des forêts rappellent au poète le mouvement de l'eau. L'image de la mer donne au poème son unité. Son rythme est plus rapide que celui de « Donnerbach Mühle », il a probablement été écrit d'un trait.

Quand le poète et son amie sillonnent les routes des Vosges, il leur semble qu'ils font jaillir sur leur passage des flots de verdure ; leur voiture s'engouffre dans la forêt comme un navire qui fend l'onde. Plongés dans cette « haute mer végétale » (« Les parages d'Alsace »), ils se demandent où est le ciel. Ils le découvrent dès qu'ils émergent de la tranchée d'ombre et atteignent le plateau de La Petite-Pierre. Le bourg a l'air d'un navire à l'ancre qui attend leur arrivée.

Dans le 3e paragraphe, l'horizon s'élargit. L'image de la mer déborde le cadre des Vosges pour s'étendre à la vie : « mer journalière », « océan de la destinée » (PL, p. 184). Sur la scène du monde, l'homme est à la fois figurant et acteur, subissant son destin ou agissant sur lui, selon les circonstances (la « grand-voile » est la principale voile du grand mât). Mais l'homme n'est pas seul, il est aux prises avec ses semblables, que le poète compare avec des barques. René Crevel recourt à la même image pour parler des rapports humains : « ...de la mer d'aventures sont venus des bateaux coupables... » [35] Mais Crevel, qui a lutté en vain contre la tuberculose, le mensonge, l'incompréhension des siens, meurt désespéré, tandis que Char sort victorieux de ce combat.

Un danger sous-jacent, qui s'accorde mal avec les circonstances du voyage de 1953, affleure dans ce poème : le feu ravage les forêts, qui sont livrées « à la solidarité de l'éclatement et de la destruction », les conflits dégénèrent en bataille navale, le sous-bois est semé d'embûches.

On dirait qu'en revenant en Alsace, Char sent renaître les inquiétudes qu'il éprouvait pendant la guerre. Deux visions se superposent : celle de la guerre et celle du retour en Alsace. Grâce à cette surimpression, le poème gagne en profondeur, il acquiert une troisième dimension, celle du temps. C'est ainsi que la première phrase pourrait aussi s'appliquer aux patrouilles de René

Char et de son camarade, qui se frayaient un chemin dans la neige. L'embrasement des forêts évoquerait alors non pas l'été, mais le danger qu'ils ont couru, le feu mortel qu'ils ont traversé. L'Alsace de Char, nous la regardons comme avec un téléobjectif, qui nous permet de rapprocher les objets à l'aide d'une bague de réglage. Le poème va d'un plan à l'autre, il réalise ce que Char admire chez Rimbaud, qui « ne fait surgir un autre temps, sur le mode de la nostalgie ou celui du désir, que pour l'abattre aussitôt et revenir dans le présent, cette cible au *centre* toujours affamé de projectiles, ce port naturel de tous les départs » (PL, p. 733).

L'architecture du sens apparaît jusque dans le titre qui se rapporte aussi bien à la guerre qu'au voyage fait avec Yvonne Zervos. La fièvre est le symptôme d'une maladie, la guerre une maladie du corps politique. Mais la fièvre peut aussi remonter à un événement heureux, que ce soit l'excitation amoureuse ou l'enthousiasme poétique. En revenant en Alsace, en sentant ses souvenirs affleurer, Char est pris d'une fièvre d'écrire, qui s'ajoute au bonheur qu'il éprouve d'être accompagné d'une femme aimée.

Dans ce poème, on sent les mots vivre, « la pensée accrochant la pensée et tirant », comme le souhaite Rimbaud dans la lettre du Voyant. A la « cloison » correspond le « plafond », les deux idées étant associées dans la pensée, le « silence » et la « ferveur » suggèrent, sinon l'existence de Dieu, du moins celle du « ciel ». Char excelle dans cette « dialectique ultra-rapide » (PL, p. 733) qu'il prête à Rimbaud, où un terme, à peine a-t-il surgi, engendre son contraire. C'est ainsi que l'« étrave » appelle les « lames », la « solidarité » – l'« éclatement », le « stentor » – le « silence » ; le village est une « bâtisse d'aurore et de soir ». Le poète refuse de se fixer, voulant être tantôt le passager du navire, tantôt son moteur.

Nous retrouvons dans « Les parages d'Alsace » l'art raffiné de « Fièvre de la Petite-Pierre d'Alsace ». Le poème ne paraît qu'en 1965 dans *Retour amont*, après avoir été remanié. L'étude des variantes nous éclaire sur la poétique de son auteur. La 2e strophe a été refondue avec la 3e. En voici la première version :

> *Là où* me serra fort *ma ceinture de neige,*
> Tu m'as donné le privilège d'arriver,
> D'avoir soif, d'en jouir, d'être heureux,

Partout où j'aurais pu n'être qu'une ombre assise, [que rosée grise,]
Sous l'auvent d'un rocher moucheté de corbeaux. (PL, p. 1191)

Ces vers de René Char sont une déclaration enflammée à l'adresse de celle qui l'accompagne, un concert d'éloges qui nous surprend de la part d'un poète qui pratique l'art de la litote. Pourquoi les passages écrits en romain ont-ils été supprimés ? Précisément parce qu'ils étaient trop directs, trop personnels, soumis aux circonstances, sujets à vieillir. Dans le commentaire du poème « J'habite une douleur », Char nous livre un de ses secrets : pour que le poème ne se détériore pas, il faut qu'il soit « enveloppé », que « l'aliment qui le compose » ne touche pas « la moelle de l'air »[36]. De là ce besoin (parfois excessif) d'estomper les contours : « Un poète doit laisser des traces de son passage, non des preuves. Seules les traces font rêver » (PL, p. 382).

4

LA RÉSISTANCE DU POÈTE, LES POÈMES DE LA RÉSISTANCE

Après une retraite mouvementée, René Char est démobilisé en juillet 1940 dans le Lot. Comme Paris est occupé par les Allemands, il rentre à L'Isle-sur-Sorgue. Au mois de décembre, la police de Vichy, à laquelle il a été dénoncé comme militant d'extrême gauche à la suite de son activité surréaliste, perquisitionne à son domicile. Voyant que son arrestation est imminente, Char quitte L'Isle et gagne Céreste, qu'il connaît de ses séjours de convalescence avant la guerre.

Le poète va habiter Céreste de 1941 à 1944. Il entre en contact avec des opposants et adhère à l'Armée Secrète. Chef du secteur Durance-Sud, il commande depuis son P.C. de Céreste les premiers sabotages contre l'armée d'occupation italienne. En 1943, Char est engagé dans les Forces Françaises Combattantes avec le grade de capitaine. Il sera chef départemental (Basses-Alpes) de la Section Atterrissage Parachutage Région 2 et adjoint au chef régional du réseau Action.

Dominique Fourcade a recueilli dans le cahier de *L'Herne* consacré à René Char le témoignage de quelques compagnons de la Résistance. Ce sont des militaires, un transporteur, un garagiste, un négociant et un viticulteur, maire de Bonnieux. Le colonel Coste s'étonne qu'un poète, donc un rêveur, se soit révélé bon soldat, chef obéi et efficace. Il ne savait pas que pour Char tout poète est un rebelle, et que le maquis l'a placé dans une situation privilégiée qui convenait à sa nature foncière. Sa vie est « d'une seul trait de scie » (PL, p. 728), comme celle de Rimbaud. Le même esprit qui l'a jeté dans les batailles surréalistes lui fait prendre les armes pour chasser l'envahisseur nazi. « Certes, il faut écrire des poèmes, tracer avec de l'encre silencieuse la fureur et les sanglots de notre humeur mortelle, confie-t-il à son ami Francis Curel ; mais tout ne doit pas se borner là. Ce serait dérisoirement insuffisant (PL, p. 632). »

Le poète s'est demandé à plusieurs reprises, pendant et après la guerre, pourquoi il s'est révolté. Loin de conduire à une introspection stérile, cet examen de conscience sert toujours à préciser les rapports qu'il entretient avec la poésie et avec la société. Ce sont des traits, des retouches qu'il ajoute au portrait qu'il s'est fait de lui-même, portrait qui reste toujours inachevé, tant ces rapports sont complexes [37].

Une première prise de position se trouve dans *Partage formel,* le recueil d'aphorismes dont la composition coïncide avec le début de la Résistance :

> *Certaines époques de la condition de l'homme subissent l'assaut glacé d'un mal qui prend appui sur les points les plus déshonorés de la nature humaine. Au centre de cet ouragan, le poète complétera par le refus de soi le sens de son message, puis se joindra au parti de ceux qui, ayant ôté à la souffrance son masque de légitimité, assurent le retour éternel de l'entêté portefaix, passeur de justice.* (PL, p. 168)

Au lendemain de la défaite, la poésie connaît en France une floraison extraordinaire. C'est un défi que les hommes de lettres (y compris Eluard, Aragon et Desnos) lancent aux nazis, qui, après avoir condamné au bûcher nombre de livres en Allemagne, surveillent de près la presse des pays soumis. La poésie permet à ceux qui la pratiquent d'exhaler leur douleur et de crier vengeance. Comme elle s'exprime en termes voilés, elle peut échapper au contrôle de la censure.

René Char désapprouve cette production, qu'il taxe d'exhibitionnisme. Bien qu'il continue d'écrire, ses poèmes ne seront pas publiés tant que la France ne se sera pas redressée. Quand un pays est sous le joug de l'envahisseur, il faut conjuguer tous les efforts pour le libérer. C'est la seule solution qui soit compatible avec le message du poète, la seule forme qu'il puisse prendre en temps de crise.

René Char va apporter toute l'expérience de son art à la lutte contre l'occupant. La quête poétique telle qu'il la conçoit est une excellente préparation au combat, « un métier de pointe » (PL, p. 378), qui prédispose à la guerre des maquis. Le poète est un brûlant, un obstiné (PL, p. 400), qui sait attendre son heure et profiter de cette attente pour accumuler des forces. C'est un habitué de la nuit, « siège de tous les inattendus » (PL, p. 230), qui, tapi à l'affût, guette sa proie et bondit sur elle dès qu'elle surgit.

Char sait cependant que le combat qu'il mène peut lui coûter la vie. « Comment prévoir qui sera tué à la chasse ? (PL, p. 1054) » En outre, le poète est frappé d'anathème, privé des fruits de ses efforts, retranché de la communauté humaine : « Le poète passe par tous les degrés solitaires d'une gloire collective dont il est, de bonne guerre, exclu (PL, p. 653). »

Dès *Le Marteau sans maître*, les mots « poète » et « rebelle » sont synonymes. Mais les définitions du rebelle se rapprochent à partir de 1940 de la figure du Résistant de la Seconde Guerre mondiale. Si le réfractaire du *Marteau sans maître* est un rebelle tous azimuts, une sorte de régicide en herbe, celui des *Feuillets d'Hypnos* a une tâche, il soulève « la sienne montagne » (PL, p. 761) et assume ses responsabilités parmi les hommes. Cette tâche est aussi celle du poète, de sorte qu'on ne sait plus si René Char parle de l'un ou de l'autre. Car en dernière analyse, ils ont le même but, celui de sauver l'espace poétique, le champ ouvert à la créativité, « la vraie vie ». Char l'écrit dans l'avertissement des *Feuillets d'Hypnos* :

> *Ces notes marquent la résistance d'un humanisme conscient de ses devoirs, discret sur ses vertus, désirant réserver* l'inaccessible *champ libre à la fantaisie de ses soleils, et décidé à payer le* prix *pour cela.*

Il le répète peu de temps après :

> *Le poète du XXe siècle a pu rejoindre la révolte de son temps, mais il sait encore mourir pour le frisson le plus avancé de la nuit orageuse, ou, mieux, vivre dans l'attente des prochaines combustions auxquelles il viendra indéfiniment s'ajouter.* [38]

« Cur secessisti ? » Il se peut que la question que se pose le poète à la fin de la guerre se rapporte aussi bien à son activité littéraire qu'à la Résistance : « Pourquoi t'es-tu isolé ? » Ses camarades du maquis, des ouvriers agricoles, des commerçants, des réfractaires du Service du travail obligatoire, des gendarmes et des braconniers, ignoraient tout de son passé surréaliste. Lorsque le colonel Henri Péri découvrit dans le sac du capitaine Alexandre un recueil de poésies, il se demanda quelle personnalité se cachait sous ce pseudonyme. Bien qu'il ait fait peu de cas de la Résistance littéraire, René Char a continué d'écrire. Mais ce n'était pas pour être imprimé (du moins dans l'immédiat), c'était pour s'armer de courage, pour se raidir contre l'adversité et pour conserver sa « voix d'encre » (PL, p. 221). Il faut rapprocher les textes de Char des poèmes écrits en prison et dans les camps de concentration : ce sont des actes de foi, des témoignages d'hommes qui refusent de s'avouer vaincus.

Dans le premier paragraphe du poème « Chant du refus », Char s'explique à la fois sur son silence (qui est un sommeil apparent) et sur son travail créateur :

> *Le poète est retourné pour de longues années dans le néant du père. Ne l'appelez pas, vous tous qui l'aimez. S'il vous semble que l'aile de l'hirondelle n'a plus de miroir sur terre, oubliez ce bonheur. Celui qui panifiait la souffrance n'est pas visible dans sa léthargie rougeoyante.*

Le poète se tait comme s'il était remonté dans le temps, en deçà de sa venue au monde. Ce recul va lui permettre de re-naître, il recule pour mieux sauter : « Notre sommeil, dira-t-il plus tard, était un loup entre deux attaques. » (PL, p. 471) Le poète se trouve dans un sommeil léthargique, les fonctions de la vie semblent suspendues, comme celles des animaux qui hibernent. En Alsace, Char avait écrit à son ami Gilbert Lély : « Il y aura une forme nouvelle de courage à inscrire à l'actif de ce demi-siècle, une sorte de persévérance de marmotte dans le royaume de l'engourdissement... » [39] La « léthargie rougeoyante » est un sommeil incomplet, proche de l'hypnose ; la rougeur un signe de fièvre (ou de révolte), le feu qui couve sous la cendre.

On sait qu'Hypnos est un des noms de guerre de Char. Au maquis, il lui est arrivé d'apposer ce nom au bas de ses messages. Hypnos est le dieu grec du Sommeil, fils de la Nuit, frère de la Mort. Grâce aux ailes attachées à ses tempes, il peut voler au secours des mortels qui réclament le sommeil.

Les *Feuillets d'Hypnos* portent l'épigraphe suivante :

Hypnos saisit l'hiver et le vêtit de granit.
L'hiver se fit sommeil et Hypnos devint feu.
La suite appartient aux hommes.

L'Hypnos de Char n'est pas une nature paisible comme son homonyme grec. C'est un tempérament vigoureux, capable de prendre la barre quand le navire s'engloutit (PL, p. 334), un guerrier, qui rallie ses hommes, un incendiaire, qui n'hésite pas à mettre le feu au camp ennemi. Mais cette audace, il la doit à son inconscience, au sommeil dans lequel il baigne (le sens propre du mot « hypnos » est « sommeil »), au rêve, qui mobilise ses facultés créatrices et donne libre cours à ses instincts, comme il le note dans le poème « Confronts ». « Courage, écrit-il à une amie en septembre 1940, même si ce courage ne vaut qu'en tant que somnambule. »[40]

« La suite appartient aux hommes » : Hypnos parle des hommes comme s'il ne faisait pas partie du genre humain. D'une taille gigantesque, doué d'une autorité naturelle, il a la carrure d'un personnage de légende. A la fois fraternel et distant, il exerce sur ses partisans une fascination étrange. Sa personnalité jouit du prestige du justicier et de la gloire du rebelle dont la tête est mise à prix. Hypnos secoue les foules paralysées par « l'homme aux dents de furet » (PL, p. 147) de leur torpeur, il oppose aux sortilèges du dictateur le rayonnement du génie (sa contre-hypnose), à l'haleine fétide du bourreau le souffle créateur (PL, p. 221). Son engagement est un défi lancé aux « chiens de l'enfer » (PL, p. 633), un règlement de comptes entre lui et le Monstre (PL, p. 145).

Dans cette lutte contre la tyrannie, le poète ne peut disperser ses forces. C'est pourquoi il met sa vocation en veilleuse : « S'il vous semble que l'aile de l'hirondelle n'a plus de miroir sur terre, oubliez ce bonheur. » Il est étonnant qu'un guerrier, un insurgé, qui se dresse contre l'envahisseur comme un mégalithe de l'île de Pâques (PL, pp. 707-708), ait l'ambition de capter le discours de l'inconscient, qui est aussi insaisissable que le vol des hirondelles. Comment « ce frère brutal » (PL, p. 140) peut-il avoir des antennes si sensibles ? Dans *La Conjuration,* le poète, *L'Homme-miroir,* est un jeune homme de constitution fragile, dont la silhouette rappelle celle du cyprès ; dans « L'Absent », Char se compare à un pin qui brave le froid. Hypnos est les deux, à la fois vulnérable et fort, comme il l'écrit dans « L'Adolescent souffleté », éphémère et sanglier, comme le lui dit sa compagne dans *Claire.*

S'il n'était qu'« un simplificateur claquemuré », « un personnage arctique qui se désintéresse du sort de quiconque ne se ligue pas avec lui » (PL, p. 633), Char n'aurait pas besoin d'écrire. C'est parce qu'il est partagé qu'il doit s'épancher dans ses poèmes et dans son carnet, « tracer avec de l'encre silencieuse la fureur et les sanglots de [son] humeur mortelle ». L'écriture lui permet de rétablir l'équilibre intérieur rompu, elle sert d'exutoire, d'exorcisme, comme au temps du *Marteau sans maître.* Seulement les conditions ont changé, les agitations des années 30 ne sont rien auprès de « cette large abdication du remords » (PL, p. 144) à laquelle il assiste, et Char constate que l'époque des expériences surréalistes est révolue (« Calendrier »). Ce qui ne l'est pas, c'est son besoin de confier la souffrance au papier et de l'incorporer à son œuvre, de la panifier, de la transformer « en laines prolongées » (PL, p. 163). « L'obsession de la moisson » (PL, p. 754) ne cesse de le hanter, et comme l'Art se greffe sur la douleur (PL, p. 752), il pressent que « la récolte de l'abîme » (PL, p. 254) sera bonne.

*

Georges Mounin compte dans *Seuls demeurent,* où sont rassemblés la plupart des poèmes écrits de 1938 à 1943, huit poèmes partisans. Mais leur nombre va augmenter lorsque René Char publiera *Fureur et mystère,* qui comprend à part *Seuls demeurent : Feuillets d'Hypnos, Les Loyaux Adversaires, Le Poème pulvérisé* et *La Fontaine narrative.* Les souvenirs de la Résistance alimenteront désormais toute l'œuvre de Char, soit qu'il se rappelle les luttes que ses camarades et lui ont soutenues, soit que l'expérience de « ces années essentielles » (PL, p. 222) sous-tende son éthique et sa poétique.

Aussi surprenant que cela paraisse de la part d'un poète qui a décidé de se taire, René Char témoigne dans les textes de la Résistance une préférence pour le poème parlé, comme si la solitude faisait naître en lui le besoin d'un vis-à-vis. Il apostrophe ses amis, ses lecteurs, la Femme, les silencieux de l'occupation, les croyants, Notre-Dame de Lumières, de même que la Beauté, la Poésie et l'Espoir qu'il personnifie. Souvent, il se parle à lui-même pour clarifier ses idées et se rendre justice : il plaide sa cause. Mais ces tête-à-tête avec son destin ne cessent d'être des dialogues. Le monologue intérieur mine celui qui le pratique. René Char, au contraire, extériorise ce qu'il ressent. Sa parole soutient le courage et l'espoir, elle seconde l'action.

En élevant la voix, le poète fait un premier pas pour sortir de l'esclavage. La parole rompt le charme du mauvais enchanteur, elle lui fait perdre son aplomb : « Le sabre bubonique tombe des mains du Monstre au terme de l'exode du temps de s'exprimer » (PL, p. 147). De connivence avec le poète, le grillon chante pour annoncer le retour de la parole (PL, p. 148). Quand il se tait, ce n'est que « pour s'établir davantage », comme le poète (PL, p. 302). La parole a une valeur magique, grâce à elle, la liberté a le vent en poupe (PL, p. 148). La Beauté « s'inscrit dans la phrase géante qui barre le ciel » et s'associe à l'homme qui s'acharne à modifier son destin (PL, p. 233).

Selon Char, les *Feuillets d'Hypnos* sont « affectés par l'événement » (PL, p. 173). C'est à la fois juste et faux, comme pour les poèmes de la Résistance. Les poèmes sont ancrés dans les péripéties de l'histoire, mais ils dépassent les circonstances qui les ont suscités pour faire renaître l'espoir. Deux poèmes marquent le début de la clandestinité et sa fin, la Libération ; deux sont dédiés au souvenir de camarades tombés au feu (« Eléments » et « Affres, détonation, silence »). Dans « Le bouge de l'historien », le poète donne un raccourci saisissant de sa vie au maquis et écrase de son dédain les bassesses de l'occupant, dans « Carte du 8 novembre », il stigmatise le silence du pape lors du débarquement allié en Afrique du Nord, le 8 novembre 1942, suivi de l'occupation de la zone Sud de la France. « Louis Curel de la Sorgue » et « L'Absent » sont des portraits, l'un du cantonnier de L'Isle, qui est pour Char le modèle de l'homme debout, l'autre du poète, vu par les yeux de ceux qu'il a quittés pour prendre le maquis. Dans « Vivre avec de tels hommes », « L'éclairage du pénitentier » et « Plissement », le lecteur revit les heures sombres de l'occupation, mais l'effort fourni par le poète et ses compagnons pour s'arracher à l'emprise du mal rachète ces scènes atroces. On est entraîné par la « force d'*ascension* » (PL, p. 214) qui habitait Char, par l'espoir qui soulevait les réfractaires (« Cette fumée qui nous portait »).

Dans l'« Argument » de *Seuls demeurent,* René Char partage les hommes en hommes de main et en faiseurs de pain :

> *L'homme dont l'appétit hors de l'imagination se calfeutre sans finir de s'approvisionner, se délivrera par les mains, rivières soudainement grossies.*
>
> *L'homme qui s'épointe dans la prémonition, qui déboise son silence intérieur et le répartit en théâtres, ce second c'est le faiseur de pain.*

Les hommes de main sont ceux qui, pour le compte d'autrui, exécutent des besognes de dernier ordre (Robert). Le poète est celui qui panifie la souffrance, son atelier est une « pauvre boulangerie » (PL, p. 163) où « le pain sort du four » (PL, p. 374).

Le pain est un aliment indispensable, celui que réclament les foules affamées, le symbole de la nourriture. Pour Char, la poésie est aussi indispensable que le pain. C'est pourquoi il crie au plus fort du combat : « Tellement j'ai faim. » (PL, p. 144) Ce besoin de nourriture spirituelle s'étend à tous les domaines, le poète allant jusqu'à s'associer aux croyants qui s'indignent de l'impassibilité du Vatican. Dans *La Parole en archipel,* il déclarera : « Ce n'est pas l'estomac qui réclame la soupe bien chaude, c'est le cœur. » (PL, p. 414) La faim du poète est contagieuse. Ses maquisards n'ont pas seulement une fringale d'action, comme Arthur le Fol (PL, p. 177), mais aussi « un émouvant appétit de conscience » : « Nulle trace des étages montés et descendus si souvent par leurs pères. » (PL, p. 204) Dans « Affres, détonation, silence », le poète imagine que le lecteur rencontre dans les gorges d'Oppedette, réputées pour attirer la foudre, le fils de Roger Bernard, le poète assassiné par les SS : qu'il aille vers lui et qu'il lui sourie, « car [il] doit avoir faim, faim d'amitié ».

Le poème « A une ferveur belliqueuse » est unique dans l'œuvre de Char. Quand on se rappelle les sorties que le poète faisait contre l'Eglise et le mépris dont il accable le souverain pontife, on s'étonne qu'il s'adresse à la Vierge que vénéraient les pèlerins de Lumières. Mais la guerre les a chassés, plus personne ne se soucie de la Vierge, et à la voir seule avec son bois de pins, il a pitié d'elle. Le poème a été écrit en 1943, l'espoir alternait avec le plus brutal désespoir [41]. Sur le manuscrit de la « Carte du 8 novembre », Char a noté : « Je ne peux plus ! Non ! Je ne peux plus ! » Il fallait ce concours de circonstances pour qu'il se tournât vers la

Vierge de Lumières. Il ne le fait pas pour implorer son secours, il ne renie aucune de ses convictions, mais l'abandon où il se trouve le rend sensible à la souffrance des autres, il se reconnaît en elle.

Il existe deux versions du poème, la version originale, qui a été perdue et retrouvée par hasard, et une reconstruction, qui figure dans la première édition de *Fureur et mystère*. La plus grande différence entre les deux apparaît à la dernière strophe. Tandis que Char se borne dans le poème reconstruit à évoquer les horreurs de la guerre, il fait dans la première version (qui est aujourd'hui la version définitive) un rapprochement surprenant entre sa quête et celle des chrétiens : « ... les lumières se rendent où l'affamé les voit. » Les secours extraordinaires naissent de notre détresse, du vide de l'âme, de la faim spirituelle, comme si l'inconscient venait en aide à l'homme atteint au tréfonds de lui-même. La révélation poétique ne fait pas exception : « Sur les arêtes de notre amertume, l'aurore de la conscience s'avance et dépose son limon » (PL, p. 129). La guerre des maquis fut la grande épreuve de la vie de Char, le fruit qu'il en recueillit fut à la mesure de ses peines. Or, dans le poème de Notre-Dame de Lumières, il admet la possibilité que l'expérience religieuse soit aussi valable que la sienne. Les fidèles du vallon du Limergue étaient des « enfants sans clarté » (PL, p. 148) comme les maquisards. Ce qu'ils cherchaient lorsqu'ils aperçurent les lumières mystérieuses qui sont à l'origine du pèlerinage, c'était la même chose que le poète : « cette lampe inconnue de nous, inaccessible à nous qui tient éveillés le courage et le silence » (PL, p. 176).

5

HYPNOS, AUX PRISES AVEC LES HOMMES ET AVEC LES MOTS

Les dernièrs poèmes de *Seuls demeurent* datent de l'été 1943. Comme les responsabilités qu'il assume au maquis le requièrent tout entier, Char renonce par la suite à en écrire d'autres : « L'adoration des bergers n'est plus utile à la planète (PL, p. 182). » Mais il consigne les observations et les réflexions qu'il fait sur un carnet, où elles voisinent avec le compte des dépenses et des considérations pratiques. C'est de ces notes spontanées, à la fois agenda et livre de bord, que vont naître les *Feuillets d'Hypnos*.

Lorsque Char est appelé à Alger en juillet 1944, il enfouit son journal dans la cave d'une maison de Céreste. Il le retrouve à son retour au mois de septembre. En été 1945, il le recopie et le remanie (abrège et développe), puis il détruit l'original pour le soustraire aux regards indiscrets.

Les *Feuillets d'Hypnos* est un livre unique en son genre. Tout en étant un journal de guerre où l'auteur évoque d'une plume rapide quelques faits mémorables (l'exécution de Roger Bernard, la fouille de Céreste par les SS, une embuscade tendue à une colonne allemande, etc.), où il enregistre ses impressions, croque les portraits de ses camarades ou consigne des bribes de conversation, ils sont l'examen de conscience d'un chef qui a droit de vie et de mort sur ses hommes, d'un esprit large qui doit s'armer d'intolérance, d'un moraliste qui est forcé de transiger avec ses principes. Or, ce chef du maquis est un poète, et comme celui-ci ne maîtrise son destin qu'en écrivant, comme il a besoin de donner forme à ses préoccupations, nous assistons dans les *Feuillets* à un double combat, à la fois avec les hommes et avec les mots.

René Char écrit dans l'avertissement que ses notes furent « plus souvent survolées que relues ». Ce n'est pas tout à fait juste. Les *Feuillets d'Hypnos* ont été soigneusement composés comme tous les recueils de Char. L'ordre chronologique a été abandonné quand la vue globale l'exigeait, et certains textes semblent avoir été rapprochés, soit qu'ils se complètent, soit qu'ils s'opposent. Le poète s'attelle à la mise au point des *Feuillets* en juillet 1945, au sortir d'une mauvaise passe, due à son état de santé et aux séquelles de la Résistance. Ce travail, auquel il s'adonne corps et âme, l'aide à remonter le courant. Il voit que le livre va enrichir son œuvre sans être cependant « du genre papier résistant, cocardier » [42].

Bien qu'il écrive brièvement, comme il le dit dans le fragment n° 31, et en dépit de ce qu'il note dans le livre d'un compagnon d'armes (« Plus que les mots essentiels », dans l'exemplaire de Me Max Fischer, dont Jean-Claude Mathieu a pris connaissance), le poète ne se borne pas à nous livrer les sommets de sa réflexion comme dans nombre de poèmes, mais nous associe à la naissance de ses idées et à la cristallisation de la parole. Dans les *Feuillets,* nous voyons le poète à l'œuvre, « le faiseur de pain » nous permet de jeter un regard dans sa boulangerie et de partager avec lui le pain encore chaud, à peine sorti du four.

*

Dans le fragment n° 30, Char note qu'un de ses maquisards a découvert sa vérité en épousant la Résistance. Quand on lit le témoignage de ses amis, on a l'impression que cette remarque s'applique aussi à lui. Le maquis éveilla toute une part insoupçonnée de son être, le poète devint meneur d'hommes, bon organisateur et tacticien habile. L'espérance le tenait en haleine, il apportait des solutions inédites aux problèmes difficiles. Georges Louis Roux parle du rayonnement qui émanait de toute sa personne, de la confiance qu'il faisait naître, de l'assurance qu'il communiquait. Il se dépensait, il s'exposait au danger, il provoquait. Mais il se sentait entouré, tenait haut « la jarre du ralliement » (PL, p. 431), « au centre de tous les malentendus » (PL, p. 140).

Ce n'est pas que cette métamorphose se soit accomplie sans peine. « L'homme s'éloigne à regret de son labyrinthe (PL, p. 212). » Mais Char admet, à la suite de cette constatation, que

« le poète, susceptible d'exagération, évalue correctement dans le supplice » (PL, p. 212). Et plus bas, toujours dans les *Feuillets*, il note qu'entre le monde de la réalité et lui « il n'y a plus [...] d'épaisseur triste » (PL, p. 220).

L'univers-passion de la préhistoire dont il rêve dès ses premiers poèmes, le poète est près de le réintégrer à l'époque de la France-des-Cavernes. Il se félicite d'avoir les braconniers de Provence dans son camp, et se promet merveilles de « la mémoire sylvestre de ces primitifs », de « leur aptitude pour le calcul », de « leur flair aigu par tous les temps » (PL, p. 194). Dans les exhortations qu'il s'adresse, il embrasse leurs principes :

> *Agir en primitif et prévoir en stratège.* (PL, p. 192)
>
> *Mettre en route l'intelligence sans le secours des cartes d'état-major.* (PL, p. 204)

Mais Char n'est pas seul, il ne se bat pas en champ clos, il fait partie d'une communauté dont les membres sont sujets à faillir. Dans les *Feuillets d'Hypnos*, nous assistons aux efforts qu'il déploie pour soutenir l'ardeur de ses hommes.

Les raisons qui ont poussé le réfractaire à prendre le maquis sont souvent obscures. Char veut qu'il tourne résolument le dos à son passé et s'enracine dans le nouvel entourage :

> *L'arracher à sa terre d'origine. Le replanter dans le sol présumé harmonieux de l'avenir, compte tenu d'un succès inachevé. Lui faire toucher le progrès sensoriellement. Voilà le secret de mon habileté.* (PL, p. 187)

Ce faisant, il ne sous-estime pas les antécédents. Les mauvais sujets, les frondeurs et les insatisfaits risquent de retomber dans leurs désordres une fois la guerre finie. Le poète cherche à fixer leur imagination vagabonde sans se faire d'illusions sur ce qui les attend s'ils en réchappent (« le sol *présumé* harmonieux de l'avenir »). Un de ses hommes broie du noir, il le tance vertement : « Quand vous serez mort, vous vous occuperez des choses de la mort. » (PL, p. 193) Ce ton péremptoire rappelle celui de Jésus : « ...laisse les morts ensevelir les morts. » Char n'est pas dupe et ajoute que Carlate, auquel il s'adresse, est sensible à la rhétorique solennelle (PL, p. 193).

Le capitaine Alexandre n'est ni trop distant, ni trop familier avec ses hommes. S'il les traite en frères, c'est sans laisser-aller, sans gaieté bruyante. Une fois l'action consommée, il ne s'attarde pas sur les lieux de leurs rapports (PL, p. 231). A son adjoint, il recommande d'être à la fois « rigoureux et attentionné » (PL, p. 196). Le message qu'il lui adresse devrait figurer dans tous les manuels militaires. Hypnos, qui en est le signataire, cherche à voir l'homme tout entier, sachant que la propreté du corps et de la literie peut influer sur le moral.

Char recommande à Pierre Zyngerman de prêcher d'exemple : « Dans le travail, faites toujours quelques kilos de plus que chacun, sans en tirer orgueil. Mangez et fumez visiblement moins qu'eux. » Lui-même se propose de tenir vis-à-vis des autres ce qu'il s'est promis à lui seul (PL, p. 214).

Le poète sait que « la tactique et l'ingéniosité ne remplacent pas une parcelle de conviction au service de la vérité » (PL, p. 177). Chez les maquisards, qui luttent contre l'ordre établi et ne sont pas toujours épaulés par la population, il est particulièrement difficile de parer aux défaillances. Dans le fragment n° 38, Char expose la méthode qu'il pratique pour gagner ses hommes :

> *Les associer, les exorciser, les alléger, les muscler, les assouplir, puis les convaincre qu'à partir d'un certain point l'importance des idées reçues est extrêmement relative et qu'en fin de compte « l'affaire » est une affaire de vie et de mort et non de nuances à faire prévaloir...*

Il paraît que Char était un chef dur et exigeant, et qu'il était parfois difficile à vivre. Il savait cependant fermer les yeux sur les inconséquences de ses subordonnés (PL, p. 202, fragment n° 116) et pénétrer dans les détails sans perdre de vue l'ensemble (PL, p. 189, fragment n° 59). Quand il était fâché, il se retranchait dans le mutisme comme Saint-Just (PL, p. 219). Le poème « Hermétiques ouvriers... » des *Matinaux* évoque les conflits qui éclataient entre lui et ses hommes.

Char parle des compagnons d'armes auxquels il pouvait se fier et qui, grâce à lui, sont entrés dans la légende : les Bardouin, « ce rocher de braves gens » (PL, p. 179), Emile Cavagni, qui « portait ses quarante-cinq ans verticalement, tel un arbre de la liberté » (PL, p. 213), Roger Chaudon, que la joie de vivre secouait comme un tonnerre (PL, p. 231), et d'autres. Il mentionne aussi les hommes de son équipe, dont les noms sont aussi pittoresques que ceux des personnages du *Soleil des eaux* : Archiduc, Arthur le Fol, Olivier le Noir, Passereau, Esclabesang, etc.

Mais la qualité des résistants est inégale. Quand un mauvais sujet se glisse parmi eux et qu'après plusieurs tentatives infructueuses pour l'intégrer dans la collectivité, il apparaît qu'il est irréductible, il incombe au chef de le lui notifier et d'empêcher qu'il ne contamine les autres. Le poète doit vaincre ses scrupules pour tailler dans le vif, qu'il s'agisse d'éliminer un voleur qui s'est introduit dans le groupe (PL, p. 178) ou de se défaire d'un mouchard en herbe (PL, p. 226).

Tout en rendant compte de ces cas de conscience, Hypnos veut prendre ses distances et surplomber la mêlée, en passant de la bataille d'hommes au combat spirituel qu'elle comporte :

> *Nous devons surmonter notre rage et notre dégoût, nous devons les faire partager, afin d'élever et d'élargir notre action comme notre morale.* (PL, p. 199)

Il s'étonne d'autant plus d'être capable « de fixer le destin de certains êtres » (PL, p. 211) en dépit de sa sensibilité d'artiste. Au lendemain de la Libération, il s'empressera de ne pas prolonger le climat exceptionnel du maquis et de se démettre de ses fonctions.

René Char a été amené à faire fusiller un traître. Dans l'« Arrière-Histoire du Poème pulvérisé », il note à propos du poème « L'extravagant », qui évoque les derniers instants du condamné :

> *En période de barbarie, l'exercice de la justice sommaire par l'action n'aboutit qu'à un démantèlement presque fatal de nous-mêmes, nous fait déboucher sur de plaintives et crépitantes interrogations.*

Au moment même, il ne semble pas s'être posé ces questions. Un maquisard qui revenait d'une exécution lui ayant demandé une bassine d'eau pour nettoyer son revolver maculé de sang, il écrivit :

> *Un justicier rentrait, son labeur accompli, comme un qui, ayant bien rompu la terre, décrotterait sa bêche avant de sourire à la flambée des sarments.*

Mais dans le « Deuxième billet à Francis Curel », il se plaint qu'on l'ait contraint à devenir « un monstre de justice et d'intolérance », et dans les « Tables de longévité », il déclare comme pris de remords :

> *...ceux qui ont donné la mort expient en donnant le bonheur, un bonheur qu'ils n'éprouvent ni ne partagent.*

Sa justification, c'est qu'il paye de sa personne, que cette mort qu'il risque de donner, il accepte de la recevoir à son tour. Tout en s'exposant au danger, il cherche cependant à ménager la vie de ses hommes. Il recommande à son adjoint d'éviter le combat et ne veut pas qu'on outrepasse ses ordres (PL, p. 175, fragment n° 1).

André Rousseaux a vu dès la parution des *Feuillets d'Hypnos* que ce « livre d'une âme en guerre » ouvrait des perspectives d'une force eschylienne [43]. Si le poète n'a pas reculé devant la nécessité de faire justice, il a aussi eu le courage de ne pas tuer. Dans une des pages les plus émouvantes de son carnet, il parle de l'exécution d'un maquisard tombé aux mains des SS. Char et ses hommes assistent à la scène sans que leurs ennemis le sachent depuis une colline dominant Céreste. Ils sont bien armés et au moins égaux en nombre. Les partisans n'attendent qu'un signe de leur chef pour ouvrir le feu et sauver leur camarade. Mais Char refuse. Il craint que les Allemands en apprenant que leurs soldats ont été attaqués par des maquisards embusqués à Céreste ne se vengent sur les habitants du village.

*

Un officier venu de l'Afrique du Nord s'étonne de ne pas comprendre l'argot des partisans (PL, p. 190). Char lui fait remarquer que ce qu'il prend pour de l'argot est un langage imagé, né de l'émerveillement communiqué par les êtres et les choses dans l'intimité desquels ils vivent. Semblables aux enfants, ces combattants, dont la guérilla, en les réintégrant au monde animal, a aiguisé les sens, découvrent une réalité qui leur était inconnue. La poésie qui sourd de la nature, à laquelle ils sont d'autant plus sensibles qu'elle est menacée comme eux, se reflète dans leur langage.

Ce que Char ne dit pas, c'est que son désir de voir les choses d'un œil neuf et son parler métaphorique auront déteint sur le langage de ses hommes. L'un d'eux se rappelle qu'il s'expliquait à l'aide d'images empruntées à la vie paysanne, de sorte que ses maquisards, qui venaient de ce milieu, saisissaient aisément sa pensée.

La voix du poète ayant été enregistrée, les générations futures auront la possibilité d'entendre René Char lire ses poèmes. Il ne leur sera pas donné de le voir soutenir une conversation, développer ses arguments et redoubler de verve pour obtenir l'assentiment de son interlocuteur. Or, quelque chose de cet art de convaincre, notamment la quête permanente de l'image, se retrouve dans les *Feuillets*. L'image est tantôt l'aboutissement d'une chaîne de raisons dont elle donne une vision synthétique, tantôt une illumination subite, qui nous gagne d'emblée et rend tout développement superflu. C'est grâce à elle que la poésie surgit, que l'esprit s'éclaire et découvre un relief mental dont les replis lui étaient inconnus. Refusant de morceler les problèmes, de diviser chacune des difficultés comme le fait Descartes, le poète balaye nos réserves, gagne notre faim et l'emporte haut la main, poésie et vérité étant synonymes (PL, p. 159). Ses efforts sont récompensés par la beauté qui vient couronner son œuvre, la beauté qui, « après s'être longtemps fait attendre surgit des choses communes, traverse notre champ radieux, lie tout ce qui peut être lié, allume tout ce qui doit être allumé de notre gerbe de ténèbres » (PL, p. 757).

Ni la beauté ni l'image ne sont soumises au temps. René Char note dans les *Feuillets* :

> *Le temps vu à travers l'image est un temps perdu de vue. L'être et le temps sont bien différents. L'image scintille éternelle, quand elle a dépassé l'être et le temps.* (PL, p. 178)

Mais tout en dépassant l'être et le temps, l'image vit. Le poète n'a que faire de perfection plastique, il ne rivalise pas avec les Parnassiens, mais avec la foudre. L'image (de même que le poème) doit nous accrocher, nous couper le souffle, avant de s'effacer, de se faire regretter. Char prête à ses poètes préférés, notamment à Héraclite et à Rimbaud, cette force ascensionnelle qu'il recherche lui-même :

> *Disant juste, sur la pointe et dans le sillage de la flèche, la poésie court immédiatement sur les sommets, parce que Héraclite possède ce souverain pouvoir ascensionnel qui frappe d'ouverture et doue de mouvement le langage en le faisant servir à sa propre consommation.* (PL, p. 721)

C'est à « cette éternelle genèse » (Maurice Blanchot) que nous assistons dans son œuvre, à cette tension entre l'enracinement et l'essor, qu'il évoque dans le plus connu de ses aphorismes :

Le poème est l'amour réalisé du désir demeuré désir. (PL, p. 162)

Les participes passés « réalisé » et « demeuré » marquent l'acquis, dû aux vieilles vertus terriennes, tandis que les deux substantifs, l'amour et le désir, dénotent une aspiration secrète qui relève de l'instinct et de l'intuition.

La comparaison et la métaphore, auxquelles on applique le terme générique d'image, assimilent deux notions au nom d'un caractère commun. La comparaison est une assimilation explicite, la métaphore une assimilation implicite. Les linguistes, qui ont analysé ce mécanisme, nous font remarquer que le caractère commun au nom duquel le comparé et le comparant sont rapprochés n'est jamais identique dans les deux termes : un homme est rusé comme... un homme, et non pas comme un renard. Mais la langue gagne en expressivité ce qu'elle perd en précision, et, en altérant la valeur linguistique, l'image déplace le sens.

Lorsqu'un poète s'exprime par des images, il prête à ses idées une forme nouvelle, comme un metteur en scène qui ferait jouer une pièce grecque en costumes modernes. Mais de même qu'une Antigone en blue-jean n'est plus celle de Sophocle (elle aura une autre démarche, d'autres gestes, et se révoltera à titre personnel), la notion à laquelle on aura donné une forme nouvelle aura changé, l'image ayant déteint sur elle.

Dans le poème « Cur secessisti ? », le poète invite la neige à se réfugier dans son repaire :

Neige, caprice d'enfant, soleil qui n'as que l'hiver pour devenir un astre, venez vous abriter.

La neige est un miracle de la nature, la première neige arrache aux enfants des cris de joie, ils attrapent les flocons et admirent les cristaux qui fondent dans leurs mains. Le poète compare ces cristaux au soleil, tout en relevant leur fragilité, leur caractère éphémère. Il nous dissimule cependant le sens secondaire qu'il prête à la neige, le sens figuré, que seuls les lecteurs qui ont pratiqué son œuvre et son pays découvrent.

René Char prend souvent le contre-pied de nos habitudes. Tandis que la neige est pour nous la marque de l'hiver, du sommeil de la nature, il y voit un rayon d'espoir, « l'affinité du renouveau » (PL, p. 261). Les paysans de Provence disent que la neige promet une bonne récolte parce qu'elle empêche le blé de germer prématurément, de lever trop vite. Cette idée se retrouve dans « La bibliothèque est en feu » (« Par la bouche de ce canon il neige... ») et dans le ravissant poème « Joie » :

> *Comme tendrement rit la terre quand la neige s'éveille sur elle ! Jour sur jour, gisante embrassée, elle pleure et rit. Le feu qui la fuyait l'épouse, à peine a disparu la neige.*

Les poèmes alsaciens de Char nous ont familiarisés avec la surimpression. Elle n'est qu'un cas particulier du double-sens ou multiple-sens qui abonde chez Char. Or, contrairement à ce que penserait un esprit fermé à la mentalité symbolique, il ne s'agit pas, en lisant les poèmes, d'aller droit au sens caché (le poème n'est pas une devinette), mais de donner à tous les niveaux de signification les développements qu'ils impliquent. « L'image scintille », dit Char, elle met l'imagination en jeu. Elle nous rapproche à la fois de la réalité sensible (le comparant) et d'une vérité nouvelle (le comparé, vu à travers l'image). « Du même regard et du même mot », dit André Rousseaux, le poète réussit à « fixer l'objet le plus concret et [à] ouvrir l'univers qui est en lui » [44].

Pierre Boulez a déclaré dans une interview qu'une œuvre devait avoir un impact immédiat [45]. Dans la poésie de Char, cet impact vient en premier lieu des choses à partir desquelles se manifeste sa pensée, du domaine où il puise ses comparants, du visible et du tangible. Le maquis a amené le poète à une nouvelle perception du monde, il lui a révélé « un Réel dédaigneusement fui » (PL, p. 683). Dans ses images, il nous associe à ce Réel tout en tirant notre esprit de son engourdissement, en l'arrachant à la routine.

Le monde animal figure dans plusieurs images qui sont particulièrement suggestives. En voici deux qui ont la même construction :

> *Nous sommes pareils à ces crapauds qui dans l'austère nuit des marais s'appellent et ne se voient pas, ployant à leur cri d'amour toute la fatalité de l'univers.* (PL, p. 206)

> *Nous sommes pareils à ces poissons retenus vifs dans la glace des lacs de montagne. La matière et la nature semblent les protéger*

> *cependant qu'elles limitent à peine la chance du pêcheur.* (PL, p. 207)

Il s'agit de comparaisons motivées, qui contiennent tous les éléments de la comparaison canonique : le comparé (nous, les maquisards), le comparant (les crapauds, les poissons retenus dans la glace), le trait (le motif) en vertu duquel ils sont rattachés les uns aux autres (les signes qu'ils se font dans la nuit, le gel qui les empêche de circuler) et le modalisateur comparatif (pareils à). Mais la comparaison est filée, elle présente différents aspects : bien que les maquisards soient forcés de se cacher, le sort de l'univers repose sur eux. Ils se dévouent pour sortir le pays de la nuit, pour l'arracher au terrain fangeux (le marais) dans lequel il s'est enfoncé. Dans la seconde comparaison, le poète insiste sur le danger que courent les partisans. Il aurait pu dire qu'ils risquent d'être pris au nid. Il a évité le cliché en s'exprimant par une image de son cru qui frappe l'esprit et se grave dans la mémoire.

Les poèmes de Char sont peuplés d'oiseaux, on y compte plus de trente espèces. Le poète les connaît toutes, au plumage, à la forme du bec, au chant, au vol, et sait tirer parti de leurs propriétés. Pour saisir le sens qu'il leur prête, il faut avoir vécu près de la nature comme lui, ou consulter un ornithologue. Le rouge-gorge par exemple est un des oiseaux qui se rapprochent le plus des hommes ; quand René Char l'entend chanter, il se rappelle le jardin de son père où il préparait son activité clandestine et l'air interrogateur que prenait l'oiseau en l'observant (PL, p. 183).

Le fragment n° 159 est consacré à un autre volatile, tout aussi énigmatique. Comme les crapauds et les poissons, il sert à illustrer la situation des partisans :

> *Une si étroite affinité existe entre le coucou et les êtres furtifs que nous sommes devenus, que cet oiseau si peu visible, ou qui revêt un grisâtre anonymat lorsqu'il traverse la vue, en écho à son chant écartelant, nous arrache un long frisson.*

Char connaît les mœurs et la couleur de l'oiseau, et la comparaison porte sur les deux. Ce qui est étonnant, c'est de voir les rapports qui existent entre la vie quotidienne des partisans et l'oiseau, entre le monde réel du comparé et le comparant, indépendamment de tout déplacement de sens. René Char et ses hommes frissonnent au chant du coucou, comme ils tirent de l'apparition d'un serpent un mauvais augure (PL, p. 198). Le maquis a fait renaître en eux les superstitions ancestrales, les peurs de l'homme primitif.

L'image du coucou revient dans d'autres textes sans que le poète lui prête la même signification. Les choses se compliquent quand elle est à son tour chiffrée, comme c'est le cas dans *Lettera amorosa*, où le poète parle d'« un épervier à bec droit » (PL, p. 342). Pour un ornithologue, l'hybride inventé par Char ne peut être qu'un coucou, l'épervier et le coucou ayant le même plumage. Comme la comparaison avec un coucou, dont la femelle est polyandre, prête à équivoque, le poète recourt dans ce poème d'amour à ce double chiffrage, qui le dote à la fois des qualités du coucou, comme dans « Impressions anciennes » (PL, p. 744), et de l'épervier.

Dans une des plus belles images des *Feuillets*, le poète se compare à un essaim d'abeilles :

> *J'ai vécu aujourd'hui la minute du pouvoir et de l'invulnérabilité absolus. J'étais une ruche qui s'envolait aux sources de l'altitude avec tout son miel et toutes ses abeilles.* (PL, p. 223)

Selon Gérard Genette, nous avons affaire à une identification, le modalisateur comparatif (pareil à, comme, etc.) ayant été remplacé par le verbe « être »[46]. Elle est motivée aussi bien par le préambule (le poète s'est senti des forces qu'il ne se connaissait pas) que par les attributs de l'essaim : son essor, sa cohésion, le trésor dont il est le dépositaire. Le poète omet cependant de nous dire dans quelles circonstances il a goûté cette joie intense, son information est lacunaire. La poésie montre les choses en les cachant, elle est « la présence d'une absence » (Maurice Blanchot), qui nous tient en haleine. René Char est passé maître dans cet art, d'autant plus qu'il est lui-même écartelé entre le besoin de communiquer avec autrui et celui de se taire, entre le désir de partager le mystère et la peur de le profaner.

Les paysages dont les *Feuillets* sont émaillés ne se laissent pas réduire à un type commun, et l'analyse des rapports d'analogie est parfois ardue. Il est d'autant plus étonnant de voir comment le poète réussit à s'expliquer à l'aide d'un tableau. Les instructions qu'il donne à son adjoint Zyngerman sur le comportement des résistants, notamment sur leur camouflage, assimilent leur vie à celle des bûcherons :

> *Le camp ne sera jamais montré. Il n'existe pas de camp, mais des charbonnières qui ne fument pas.* (PL, p. 196)

Et lorsqu'il remet un de ses hommes à sa place, il conclut par une image qui associe le paysage aux variations de l'atmosphère :

> *Je ne veux pas que la brume pèse sur nos chemins parce que les nuées étouffent vos sommets.* (PL, p. 193)

D'autres paysages sont des créations hybrides ou des lieux désolés, comme des champs de bataille :

> *J'ai confectionné avec des déchets de montagnes des hommes qui embaumeront quelque temps les glaciers.* (PL, p. 206)
>
> *Serons-nous plus tard semblables à ces cratères où les volcans ne viennent plus et où l'herbe jaunit sur sa tige ?* (PL, p. 210)

Ils contrastent avec les images qui rappellent la Provence, ses oliviers, ses amandiers, ses puits et ses troupeaux, et avec les scènes de la vie quotidienne :

> *Sobres amandiers, oliviers batailleurs et rêveurs, sur l'éventail du crépuscule, postez notre étrange santé.* (PL, p. 194)
>
> *C'est l'heure où les fenêtres s'échappent des maisons pour s'allumer au bout du monde où va poindre notre monde.* (PL, p. 218)

Notons qu'à première vue, dans le fragment n° 82 (« Sobres amandiers... »), seule l'expression « l'éventail du crépuscule » fait image. Mais il semble exister un accord tacite entre le paysage et les partisans, comme si les amandiers et les oliviers veillaient sur ces derniers. La comparaison est ancrée dans le verbe « poster », qui est un terme de guerre et veut dire « placer une sentinelle ». Le poète invoque les abres, vus à contre-jour, pour qu'ils soutiennent le courage des maquisards, qu'ils leur assignent leur poste.

Quant à la deuxième image (« C'est l'heure... »), elle témoigne à la fois des dons d'observation du poète et de son assurance : de même que les fenêtres qui reflètent les rayons du soleil couchant brillent à plusieurs kilomètres de distance, l'action des résistants annonce aux antipodes la naissance d'un monde nouveau.

La voix du poète devient plus tranchante à mesure qu'il s'éloigne de la comparaison canonique. Quand un substantif est suivi d'un comparant placé en apposition ou d'un adjectif ou d'un verbe qui font image, il associe de préférence des termes qui nous semblent incompatibles pour nous faire découvrir de nouveaux rapports :

> *L'angoisse, squelette et cœur, cité et forêt, ordure et magie, intègre désert, illusoirement vaincue, victorieuse, maîtresse de la parole, femme de tout homme...* (PL, p. 232)
>
> *Amer avenir, amer avenir, bal parmi les rosiers...* (PL, p. 180)
>
> *Présent crénelé...* (PL, p. 181)
>
> *Devoirs infernaux.* (PL, p. 200)
>
> *Discipline, comme tu saignes !* (PL, p. 185)

A force d'éliminer les différents éléments de la comparaison, le poète en arrive à l'identification non motivée sans comparé, c'est-à-dire à la métaphore. C'était de tout temps la figure de rhétorique par excellence, le trope des tropes, mais Char s'en sert avec une telle maîtrise qu'il en a renouvelé l'emploi. Dans le fragment n° 222 (PL, p. 229), le poète-partisan, dont le renard est l'animal totémique, exalte la femme qu'il aime : sa renarde. A l'approche du crépuscule, la voix de la bien-aimée le met à l'abri du désespoir comme un « gîte de menthe et de romarin ». Une espèce de conversation secrète s'établit entre les couleurs de l'automne et sa robe. La femme est l'âme de la montagne où le poète trouve refuge. Quand elle tire le rideau d'arbres sur eux, elle l'arrache à sa solitude et lui redonne confiance. Les rapports analogiques, dont ce résumé ne donne qu'une idée approximative, sont complétés par des rapports de contiguïté. Comme chez Proust, la chaîne métaphorique et la trame métonymique se croisent[47]. La « renarde » est intégrée dans la nature, elle loge à la belle étoile, noyée dans la verdure. A l'instar de la montagne, elle protège les partisans et garde le silence. Le symbolisme du poète est mouvant, il va de la montagne « aux flancs profonds » à l'amante, et il serait faux de vouloir traduire toutes les analogies en notions claires. L'imagination l'emporte sur l'abstrait, la fantaisie sur l'ordre. Les significations se renouvellent, s'imbriquent et chevauchent, au point que le poète, « chardon victorieux » de sa solitude, finit par nous gagner sans que nous sachions pourquoi.

Une pareille maîtrise ne va pas sans un instinct sûr, ni un esprit critique. A plusieurs reprises, le poète discute ses images, soit pour les élucider, soit pour les rejeter. Il met ses commentaires entre parenthèses, ce qui lui arrive rarement dans d'autres recueils. Ce trait de style en souligne le caractère confidentiel, on se croit en présence du poète au moment même où il développe ses idées.

6

L'ÉLÉMENT NARRATIF ET LA STRUCTURE DES POÈMES EN PROSE

Quand il rapporte les événements saillants du maquis ou se souvient de ses compagnons d'armes, René Char s'exprime avec aisance sans torturer son style. Donnant libre cours à ses pensées, il ne se sent pas obligé de brider sa fougue comme dans *Le Marteau sans maître*. Bien qu'il se garde de tomber dans le genre anecdotique, il n'a pas peur d'appeler les choses par leur nom. Les récits qui figurent dans les *Feuillets d'Hypnos* et les témoignages rassemblés dans *Recherche de la base et du sommet* sont des documents de premier ordre sur une période de l'histoire que l'on n'a que trop tendance à déformer.

Or, la réhabilitation de la poésie narrative (ou plutôt de la poésie qui comporte des éléments narratifs), proscrite par les surréalistes, remonte plus haut. Dès la gestation de *Seuls demeurent*, René Char, qui cherche à se départir du style abrupt de ses premières œuvres, rêve, comme Baudelaire, d'une prose poétique « assez souple et assez heurtée pour s'adapter aux mouvements lyriques de l'âme, aux ondulations de la rêverie, aux soubresauts de la conscience » [48]. Ce sera le poème en prose qui lui permettra de s'exprimer tout entier. Dans « Partage formel », qui réunit les réflexions théoriques qui accompagnent l'élaboration de *Seuls demeurent*, Char écrit :

> *En poésie c'est seulement à partir de la communication et de la libre-disposition de la totalité des choses entre elles à travers nous que nous nous trouvons engagés et définis, à même d'obtenir notre forme originale et nos propriétés probatoires.* (PL, p. 160)

Et plus bas :

> *Inexpugnable sous sa tente de cyprès, le poète, pour se convaincre et se guider, ne doit pas craindre de se servir de toutes les clefs accourues dans sa main.* (PL, p. 166)

Il suffit de relire les textes de « L'Avant-Monde » pour voir que l'élément narratif forme désormais une partie intégrante de nombreux poèmes. « Congé au vent » s'inspire d'un séjour de convalescence sur la Côte d'Azur, « Violences » du climat asphyxiant des années 1938-39, « Fréquence » ressuscite la figure mythique du forgeron de L'Isle, tandis que le poème « Envoûtement à la Renardière » célèbre l'amitié qui liait le poète à la famille Roux, dont la vieille ferme (la Renardière) lui tenait à cœur. Dans « L'épi de cristal », Char se rappelle la guerre en Alsace et le début du maquis (« Il lui disait... »), « Elements » trace le portrait d'une jeune veuve, « Le devoir » celui d'une petite fille qui, fascinée par le foyer du poêle, semble interroger l'avenir.

La partie narrative forme le corps du poème, le tronc sur lequel se greffent les réflexions (ou les réactions) de l'auteur. Le poète choisit de préférence l'imparfait pour brosser le tableau qui l'inspire, mais il lui arrive aussi de prendre le passé composé pour montrer que les séquelles de l'événement durent toujours. Le passé simple sert de transition du passé au présent. Il souligne parfois la volonté du poète de trancher avec l'histoire (« Violences ») ou sa surprise (« Allégement »). Dans « Le loriot » et « Ne s'entend pas », il marque la progression de l'action, tandis que le résultat est proclamé dans « La liberté » par un verbe au passé composé (« Elle est venue... »). Char a une prédilection pour le présent, « cette cible au *centre* toujours affamé de projectiles », à laquelle il revient toujours, comme Rimbaud, après avoir fait surgir un autre temps « sur le mode de la nostalgie » ou du désir (PL, p. 733). Quand il chante Marthe, une amie de sa sœur, dont il était amoureux, il en parle au présent comme si elle vivait encore, voire même au futur, en lui disant : « vous êtes le présent qui s'accumule » (PL, p. 260). Marthe ressuscite pour le poète, comme Lazare est ressuscité pour Marthe. Char développe cette idée dans l'« Arrière-Histoire du Poème pulvérisé ».

Le poète jongle avec les temps comme il joue sur les mots, se servant de toute la gamme. Ainsi, à la fin du poème, il se tourne souvent vers l'avenir, et les verbes au futur, spécialement quand ils sont à la forme interrogative, ouvrent de nouvelles perspectives tout en épaississant le mystère qui les entoure.

Char a ressuscité l'optatif, qui ne subsistait plus que dans certaines expressions consacrées :

> *Ah ! beauté et vérité fassent que vous soyez* présents *nombreux aux salves de la délivrance !* (PL, p. 146)

Contrairement à Sartre, il excelle à nous arracher à l'enlisement, à nous faire renaître à la vie. La fin de ses poèmes est souvent un défi à l'histoire, l'occasion d'un renouveau, « un fiévreux en-avant pour ceux qui trébuchent dans la matinale lourdeur » (PL, p. 259). L'impératif est fréquent, le poète se donne des coups d'éperon, comme dans les *Feuillets d'Hypnos,* et l'énergie qu'il déploie pour se soustraire à la fatalité est contagieuse, elle se communique au lecteur.

A côté des poèmes qui finissent en tremplin, il y a ceux qui décrivent une boucle, comme les chansons à refrain. Le poète tourne autour d'un événement affectif qui le hante, il cerne sa plaie, mais son mouvement ne le ramène pas au point de départ, il aboutit à un autre étage. Le texte a trois dimensions, l'auteur décrit une spirale qui court au centre ou s'en évade, creusant l'idée ou prenant ses distances. Plusieurs poèmes nous font voir cette rotation. Dans « Recours au ruisseau », les maçons, qui ne savent pas que le poète bâtit sa maison « dans un sol qui n'existe pas » (PL, p. 195), s'alarment de son incompétence. Le poète s'en moque. Quand il aura accompli une partie de son œuvre, il s'en désintéressera pour recommencer « plus haut », sachant qu'il n'a que faire du gravier du ruisseau. Le même rythme se retrouve dans le poème « J'habite une douleur », à la fin duquel l'auteur se demande ce qui « [l'] a hissé, une fois encore, un peu plus haut, sans [le] convaincre ». Sa quête n'aboutit pas, le désir demeure désir, mais l'insistance avec laquelle il sonde le mystère qui l'habite tourne au chant, et fier d'avoir rivalisé avec la beauté, il s'écrie : « ... tu as crevé les yeux du lion. »

Les répétitions qui tiennent lieu de refrain ne présentent pas toutes la même forme. Dans « Jacquemard et Julia », quatre des cinq paragraphes commencent par les mots « Jadis l'herbe... », qui scandent l'affleurement du passé. Lorsque le poète se résume, lorsqu'il conclut, il n'écrit plus que « Jadis... » Dans « Léonides », la même phrase est tantôt une question, accompagnée d'une élévation de ton, tantôt une déclaration ; dans « La liberté », la progression est rendue sensible par une nouvelle image (celle du cygne) qui reprend et développe celles de la première phrase. Au deuxième paragraphe du poème consacré au village du Thor, qu'il voulait « frêle et transparent »[49], Char revient sur l'exorde tout en regrettant ses rêves de jeunesse. Même quand il n'y a pas de répétition, le poète aime reprendre à la fin du texte l'idée du début. La trajectoire de l'œuvre de Picasso va d'« un printemps sans verglas » à « l'amande de l'innocence » (« Anniversaire »), la figure dessinée dans « L'Absent » (un autoportrait de Char) se tient « au centre de tous les malentendus », elle « occupe le fourneau dans l'unité » (première et dernière phrase).

Le poème est un tressage, le poète entrelace ses thèmes, dont tantôt l'un, tantôt l'autre affleure, tandis que tous entrent dans l'ensemble. C'est ce que nous suggère « La compagne du vannier », où le poète, devenu vannier, tresse sa corbeille (son poème) pour rendre hommage à sa bien-aimée (la poésie) :

> *Je t'aimais. J'aimais ton visage de source raviné par l'orage et le chiffre de ton domaine enserrant mon baiser. Certains se confient à une imagination toute ronde. Aller me suffit. J'ai rapporté du désespoir un panier si petit, mon amour, qu'on a pu le tresser en osier.*

Si ce texte nous laisse entrevoir les rapports du poète avec la poésie, il est aussi un poème d'amour, où le poète évoque avec une délicatesse exquise l'union charnelle : « le chiffre de ton domaine enserrant mon baiser ». Comme pour les mots, il faut retenir tous les niveaux de signification. On ne peut faire fi du sens littéral sans mutiler le poème de son corps. « Le poète a parfaitement le droit et même le devoir, d'aller explorer les domaines les plus obscurs, a déclaré Saint-John Perse ; mais plus il va loin dans cette direction, plus il doit user de moyens d'expression concrets »[50].

Le sens caché est inséparable de l'élément narratif, il doit être appréhendé à travers lui. Souvent même, l'image précède la prise de conscience et lui conserve sa fluidité, en prévient le durcissement. Jean-Claude Mathieu a montré qu'une réflexion de « Partage formel » était à l'origine de « La compagne du vannier », le fragment n° XII, dont l'expression « visage de source raviné par l'orage » s'est détachée pour former le noyau du poème[51]. « Congé au vent » est pour Georges Mounin [52] une allégorie du monde méditerranéen. Il va de soi que cette idée n'est née qu'après coup, et que ce qui a mis l'imagination du poète en branle, c'est la rencontre de la cueilleuse de mimosas sur la route de Pégomas. Dans « La bibliothèque est en feu », Char note :

> *Il n'y a que mon semblable, la compagne ou le compagnon, qui puisse m'éveiller de ma torpeur, déclencher la poésie, me lancer contre les limites du vieux désert afin que j'en triomphe.*

Et plus bas :

> *Dans le poème, chaque mot ou presque doit être employé dans son sens originel. Certains, se détachant, deviennent plurivalents. Il en est d'amnésiques. La constellation du Solitaire est tendue.*

Le poème « Les Premiers Instants » nous permet de toucher du doigt le passage de l'image à l'idée, du sens physique au sens existentiel. Le poète et son amie visitent la Fontaine de Vaucluse. L'eau qui jaillit des flancs de la montagne et bondit de roc en roc efface les souvenirs de la Résistance (« la montagne »). Mais cette eau n'est pas seulement un torrent qui s'offre à son destin, son élan sert de leçon, et sous les yeux des amoureux, elle devient « une bête ineffable » à laquelle ils vont prêter leur voix : une vie nouvelle s'ouvre devant eux, comme s'ils en étaient aux « premières mesures de la création » (variante du poème ; PL, p. 1174).

Le poème « Tracé sur le gouffre » a le même cadre que « Les Premiers Instants ». Cette fois, c'est avec un philosophe que Char fait la promenade de la Fontaine de Vaucluse [53]. La vue de l'eau porte son ami à revenir sur son passé, le poète le voit souffrir et compatit à sa douleur. Alors la rivière lui suggère une réponse, le paysage externe se métamorphose en paysage intérieur, et il lui dit : « Là, bien qu'abaissé, vous étiez une eau verte, et encore une route. » L'humiliation ne l'empêchait pas d'avoir la conscience en repos et de s'acheminer vers un but.

Pour infirmer la thèse de Maurice Blanchot, qui prétend que le poème, incapable de nommer le monde, nous fait entendre « non la parole, mais ce qui est avant la parole, le silence » [54], Georges Mounin cite des poèmes des *Matinaux* (1950) et de *La Parole en archipel* (1962), qui nous parlent de l'humble réalité quotidienne et nous montrent ce qui l'illumine [55]. Dans « L'Amoureuse en secret », chaque geste trahit l'amour de la femme et s'accompagne de cette « marge confidente » dont le poète parle dans l'« Arrière-histoire ». « La Fauvette des roseaux » décrit l'affairement de ce petit oiseau au plumage fauve, et l'adresse qu'il développe pour éviter « l'œil du fusil ». Le poème est d'une grande précision, la fauvette s'agite sous nos yeux, mais elle est aussi le symbole de ces êtres que la soif d'indépendance expose à la mort, que ce soient des animaux, l'alouette, le martinet, le taureau et la truite, ou des hommes, les bergers, les pêcheurs, les réfractaires – et les poètes. Les poèmes nous donnent à voir, tout en déplaçant les bornes du Réel, dont ils sont la « connaissance productive » (PL, p. 61).

Outre « L'Amoureuse en secret » et « La Fauvette des roseaux », qui sont des poèmes descriptifs, Mounin mentionne des poèmes narratifs tels que « Le Masque funèbre » et « Les Inventeurs ». « Le Masque funèbre » est une parabole : un homme qui n'a plus aucun désir tant il a dévoré d'héritages vole la famine et s'en fait une assiette. Char sait que rien de grand ne s'accomplit sans l'impulsion du désir, qu'il faut avoir faim pour être « faiseur de pain » (PL, p. 129) :

> *Il faut s'établir à l'extérieur de soi, au bord des larmes et dans l'orbite des famines, si nous voulons que quelque chose hors du commun se produise, qui n'était que pour nous.* (PL, p. 410)

L'homme en question, tout rassasié qu'il est, le sait aussi et pour se mettre en appétit, pour que les besoins renaissent, il s'empare de la famine et tente de se l'assujettir.

L'idée de transformer la famine en assiette peut paraître saugrenue. Elle l'est moins quand on se rappelle que justement, à cette époque (1948), Picasso s'est mis à faire de la céramique. Hasard ou coïncidence ? Y aurait-il une ressemblance entre l'artiste comblé de tous les dons et l'homme du « Masque funèbre » ?

Dans « Les Inventeurs », nous assistons à la rencontre de deux cultures : celle de l'homme des bois, superstitieux et violent, et celle du laboureur, qui s'en remet au cycle des saisons. Des bûcherons tombent à la sortie de la forêt sur le poète et ses compagnons. Venus de l'autre versant de la montagne pour les avertir d'un danger imminent, ils s'étonnent de leur insouciance. Les terres sont cultivées, les façades des maisons fraîchement repeintes. Les paysans invitent leurs hôtes à boire, et les forestiers sentent qu'en leur compagnie leurs inquiétudes se dissipent. Le danger qu'ils sont venus annoncer n'est pas écarté pour autant, les laboureurs s'en rendent compte. Mais ayant appris à canaliser l'eau, ils savent faire confiance à l'avenir et ne pas se laisser gagner par la panique.

D'où vient le danger que les hommes affrontent les uns avec terreur, les autres avec indifférence ? Le titre l'indique : des inventeurs, dont le poète dit dans *Feuillets d'Hypnos* :

> *L'homme, d'un pas de somnambule, marche vers les mines meurtrières, conduit par le chant des inventeurs...* (PL, p. 205)

Le titre, qui est généralement la quintessence du texte, en fait ici partie intégrante. Sans lui, une information essentielle à la compréhension du poème manquerait, « la pyramide du Chant » (PL, p. 158) serait décapitée. Le danger paraît d'autant plus menaçant qu'il n'est pas nommé dans le corps du texte : c'est « l'ouragan », que les gens ne connaissent que par ouï-dire. Dans « Les Inventeurs », il y a cependant un certain décalage entre le titre et le texte. Le titre complique la lecture d'un poème qui paraît facile, au point qu'il faut se demander s'il est juste de le mettre en rapport avec le fragment des *Feuillets.*

Le titre « Les seigneurs de Maussane » pose un autre problème. Dès qu'on en a la clef, le texte s'éclaire. « Maussane » est une anagramme de Saumane : Char se compare aux Sade de Saumane, dont le château se trouve à six kilomètres de L'Isle.

« Jeunesse » s'intitulait d'abord « Arcadie », « Grège » – « La Fête ». Dans le premier cas, le titre choisi facilite la compréhension du poème, dans le second, il la rend plus ardue. Comme dans « Allée du confident II », l'identité des locuteurs n'est pas précisée dans le premier texte. Mais il se peut que la personne qui s'exprime au troisième paragraphe incarne la jeunesse. Dans « Grège », un poème d'amour, les balises ont été systématiquement écartées. Le poème a gagné en profondeur ce qu'il a perdu en précision. Les variantes nous montrent que le poète s'adresse à la même femme que dans le poème « Anoukis » : la sœur de son meilleur ami. Mais ce rapport, nous ne le découvrons qu'à la fin, et la Fête dont il est question n'est pas toujours la même. C'est pour cette raison sans doute que le poète a rassemblé ces significations sous un autre titre.

Il y a des titres qui sont à eux seuls des poèmes, en dehors de tout contexte :

> *L'épi de cristal égrène dans les herbes sa moisson transparente.* (PL, p. 141)

D'autres, où le poète manifeste hautement son opinion :

> *Tu as bien fait de partir, Arthur Rimbaud !* (PL, p. 275)
> *Nous tombons* (PL, p. 404)
> *Ni éternel ni temporel* (PL, p. 460)

D'autres, qui expriment un souhait :

> *Afin qu'il n'y soit rien changé* (PL, p. 135)
> *A la santé du serpent* (PL, p. 262)
> *Qu'il vive !* (PL, p. 305)

Les déclarations de principes se retrouvent dans les titres des poèmes en vers :

> *Sade, l'amour enfin sauvé de la boue du ciel, cet héritage suffira aux hommes contre la famine* (PL, p. 40)
> *L'ordre légitime est parfois inhumain* (PL, p. 238)
> *La vérité vous rendra libres* (PL, p. 308)

Elles sont fréquentes dans les titres des recueils :

> *L'action de la justice est éteinte*
> *Dehors la nuit est gouvernée*
> *Le monde de l'art n'est pas le monde du pardon*

Le poème « Les Inventeurs » compte parmi les plus longs textes narratifs de Char. Malgré les laisses rythmées dont il est composé, sa démarche n'est pas celle du « Visage nuptial », qui est une œuvre lyrique, mais celle des poèmes en prose. Son ampleur et son style le rapprochent des poèmes « Suzerain », « La Minutieuse » et « Le Mortel Partenaire », qui concernent la poésie et les rapports que Char entretient avec elle, et qui occupent une place à part.

Dans l'« Arrière-histoire du Poème pulvérisé » et dans *Le Soleil des eaux,* le poète rend hommage à Jean-Pancrace Nouguier, l'Armurier de L'Isle, chez qui il se réfugiait quand il se sentait incompris des siens. Mais ce ne sont ni les repères biographiques, ni les détails anecdotiques qui font la valeur de « Suzerain », ce sont les liens que le poète établit entre son enfance et sa maturité et les leçons qu'il a reçues de son Ami. Quand il disait « Ceci n'est plus », l'Ami le corrigeait, disant « Ceci n'est pas », lui apprenant à voir ce qui se cachait derrière les apparences. Il découvrit qu'il fallait « voler au-dessus de la nuit des mots », retirer « aux choses l'illusion qu'elle produisent pour se préserver de nous » et leur laisser « la part qu'elles nous concèdent ».

Du monde de son enfance, il ne lui reste que l'eau bleue du puits de Nouguier, cette eau poétique qui lui a révélé ce qu'était le « Verbe descellé de ses restes mortels » (PL, p. 458). Car les mots sont des sources qu'il faut capter sans leur prendre leur fraîcheur (PL, p. 828) ; ils sont la rivière et les cailloux qu'elle charrie : le poète les tourne et les retourne. Dans « La Scie rêveuse », il note :

> *Entends le mot accomplir ce qu'il dit. Sens le mot être à son tour ce que tu es. Et son existence devient doublement la tienne.*

« La Minutieuse » est un récit onirique comme « Eaux-mères » dans *Abondance viendra*. Mais le rêve d'« Eaux-mères », dont les psychanalystes ont fait leur pâture, est macabre, tandis que « La Minutieuse » a la fraîcheur d'un tableau de Paul Delvaux. Le poète et ses deux compagnes, « Toi et cette Autre qui était Toi », s'approchent d'un village. Bien que les champs soient inondés, les promeneurs avancent « résolus et heureux ». Le poète tient dans chacune de ses mains le sein nu de ses compagnes. Les villageois les saluent respectueusement, et l'une des femmes s'arrête pour s'entretenir avec eux. Tandis qu'il poursuit sa route, le poète se dit que celle qui est restée en arrière n'est que l'« enfance attardée » de l'autre. Mais l'autre, celle qui l'accompagne et qu'il aime, qui est-elle ? Elle le lui confie avant de s'assoupir : « Je suis la Minutieuse. »

Au début du poème, Char nous décrit les hautes eaux avec une précision rigoureuse, et c'est peut-être cette minutie qui nous donne la clef du mystère. La Minutieuse est la poésie, ou plutôt une de ses faces, puisque le poète est accompagné de *deux* femmes, celle qui va de l'avant et celle qui s'attarde sur ses souvenirs, comme il le fait lui-même dans « Suzerain ». Vu sous cet angle, le texte s'éclaircit et l'on comprend pourquoi les trois marcheurs sont précédés d'un bœuf dont les cornes figurent une lyre. Comme la peinture surréaliste, la poésie de Char vit du contraste entre l'observation exacte et les délices de l'imagination.

Ce contraste se retrouve dans « Le Mortel Partenaire », où la lutte du poète avec la poésie (ou avec la vie, selon la première version) prend la forme d'un match de boxe. René Char en relate chaque phase, allant jusqu'à donner dans la chronique sportive quand il note que l'adversaire se contient de « rompre ». Mais, pour que le lecteur comprenne qu'il s'agit d'un combat spirituel, il ajoute qu'il se livre sur une surface (une page) blanche. L'un des adversaires est finalement mis knock-out par un coup de poing (« une foudre »).

Dans le deuxième paragraphe, le poète commente l'épisode, ce qui n'est pas dans ses habitudes :

> *Certains êtres ont une signification qui nous manque. Qui sont-ils ? Leur secret tient au plus profond du secret même de la vie. Ils s'en approchent. Elle les tue. Mais l'avenir qu'ils ont ainsi éveillé d'un murmure, les devinant, les crée. O dédale de l'extrême amour !*

« Le Mortel Partenaire » illustre une des idées-clefs de la poétique de Char. Elle figure pour la première fois dans le poème « Possible » et réapparaît périodiquement, que ce soit dans les poèmes ou dans les aphorismes. Au combat de boxe du « Mortel Partenaire » correspond dans le poème « Homme-oiseau mort et bison mourant » le duel entre le chasseur et le fauve. Le chasseur paye sa victoire de sa vie, mais le message qu'il nous laisse, symbolisé par l'oiseau totémique, nous montre qu'il n'est pas mort en vain.

7

LA FIGURE DU POÈTE DANS L'ŒUVRE THÉÂTRALE, LE DRAME DU COUPLE

Au lendemain de la guerre (1946-1952), René Char écrit plusieurs œuvres théâtrales, qu'il réunit en 1967 sous le titre *Trois coups sous les arbres*. Ce sont deux arguments de ballets et quatre textes dialogués, auxquels on peut joindre le poème « Fête des arbres et des chasseurs », publié dans *Les Matinaux*. Ces textes appartiennent au « versant tempéré » (PL, p. 291) de son œuvre. Comme dans *La Sieste blanche*, il veut se délasser et « mettre en liberté » tous les instants dont il dispose.

Les responsabilités assumées au maquis l'ayant requis tout entier, René Char éprouve après avoir été démobilisé un besoin irrésistible de se retremper dans cette source de vie qu'est l'art, et de « remettre sur la pente nécessaire les milliers de ruisseaux qui rafraîchissent et dissipent la fièvre des hommes » (PL, p. 638). Les rencontres faites à la guerre et au maquis ont enrichi sa connaissance des hommes, les déplacements fréquents auxquels il était astreint lui ont fait découvrir son pays.

Fort de cette expérience, il cherche à se renouveler et à rendre sa poésie plus accessible. Des amis qui aimaient l'entendre discourir, mais auxquels ses poèmes restaient fermés, lui ayant demandé d'écrire une pièce dans laquelle ils puissent se reconnaître, il compose *Le Soleil des eaux*, qui est dédié aux héros de son enfance Jean-Pancrace Nouguier et Louis Uni, à Louis et Francis Curel et à Yvonne et Christian Zervos. Le château d'Aulan, où s'étaient réfugiés les partisans, a servi de cadre à la pièce *Sur les hauteurs*, tandis que le poème « Fête des arbres et des chasseurs » était destiné à des émigrés espagnols, qui avaient été des compagnons de maquis.

Comme René Char répugne aux moules tout faits, sa dramaturgie est aussi variable que sa poétique. *Le Soleil des eaux* est un « spectacle pour une toile des pêcheurs », *Sur les hauteurs* une « inscription passagère », *Claire* un « théâtre de verdure » (première édition), *L'Homme qui marchait dans un rayon de soleil* une « sédition en un acte ». Les sous-titres trahissent une certaine hésitation, de même que la définition que donne l'auteur du *Soleil des eaux* : « Quelque chose qui fût du théâtre sans en être précisément » (PL, p. 1056). Dans *La Conjuration*, il va jusqu'à se méfier du pouvoir des mots quand il s'en remet à la danse pour dire l'inconscient et la tragédie (PL, p. 1087). Le théâtre de Char est aussi fragile que « le corps subtil du poème » (PL, p. 156). Le poète le compare dans la pièce *Sur les hauteurs* à « un nid suspendu dans l'été » (PL, p. 843). Cette malléabilité lui a cependant permis d'être non seulement porté à la scène, mais aussi adapté pour la radio et la télévision. René Char a réussi à faire voir sa poésie à ceux qui ne l'entendaient pas.

Quelle que soit l'opinion qu'on se forme du théâtre de Char, il est indispensable de le connaître pour pouvoir relever toutes les dimensions de son œuvre. Les indices situationnels dont les poèmes nous privent, nous les découvrons dans le théâtre, qui est « de la vie deux ou trois fois multipliée, pas plus » (PL, p. 1056). René Char sait décrire, il a une expérience exceptionnelle des gens et des choses. *Sur les hauteurs, Claire* et *Le Soleil des eaux* nous familiarisent avec le monde rural où il puise ses images, et la trame des pièces et des ballets nous permet d'approfondir sa poétique.

Dans la pièce *Sur les hauteurs*, de petits campagnards tournent autour du château inhabité qui domine leur hameau. Un soir, ils découvrent dans l'embrasure d'une fenêtre la silhouette d'une jeune fille. Deux jours après, elle reparaît, accompagnée d'un jeune homme qu'on a mis dans la confidence. Qui est cette inconnue ? On dit qu'autrefois, une dame s'était enfuie parce qu'on avait voulu la surprendre. Le jeune homme prête serment, le couple semble impatient de prendre son essor. Mais l'idiot du village, qui a surpris la scène tout comme les enfants, tire un coup de fusil et la vision s'évanouit.

Les gestes du couple d'Aulan sont énigmatiques et le drame qui s'ébauche baigne dans une atmosphère secrète. Dans *La Conjuration*, les rapports entre l'homme et la femme se précisent. *L'Homme à la peau de miroir* a un pouvoir dont il ignore la portée. Il reflète le vol des oiseaux et permet aux personnes qui s'approchent de lui de se connaître. Seule une jeune danseuse, qui se tient à l'écart, ne subit pas son magnétisme, bien qu'il déploie toute sa puissance de séduction à la conquérir. Lorsque *L'Homme-miroir*, désespérant d'arriver à ses fins, se précipite par la fenêtre et se tue, le génie de la jeune fille va prendre possession de lui, tandis que les hommes et les femmes qu'il attirait retombent dans l'indifférence.

L'Homme qui marchait dans un rayon de soleil ressemble à la fois à *L'Homme-miroir* et au jeune Char. Comme le poète, il est prisonnier de son génie et de ses contradictions. Son génie se voit au rayon lumineux qui l'enferme et se déplace avec lui, tandis que les passants circulent sous la pluie. Lorsqu'une jeune fille sans fichu ni manteau traverse la place, il veut lui faire partager son privilège, mais elle refuse. Après une danse frénétique, brûlant de convoitise, il s'élance hors de son cercle magique et s'abat aux pieds de celle qu'il aime. En brisant l'étau de sa solitude, il s'est arraché à lui-même.

L'Homme-miroir est un jeune paysan, *L'Homme au rayon de soleil* une sorte de baladin. Le héros de *L'Abominable des neiges* est un explorateur, qui fait figure de demi-dieu, son nom Hermez étant une altération de celui de l'ambassadeur de l'Olympe Hermès. Le docteur Hermez et trois autres explorateurs tentent de faire l'ascension de l'Himalaya. Hermez est emporté par une avalanche, mais Vénus, descendue du ciel, le sauve et s'éprend de lui. « Le couple se mesure, se joint, se réclame, s'élance... » (PL, p. 1101) Leur amour éveille la jalousie d'un Satellite, qui précipite l'explorateur dans l'abîme dès que Vénus a regagné le ciel. L'audacieux, qui s'est approché « plus près qu'il n'est permis de l'inconnu et de l'empire des étoiles » (PL, p. 701), meurt, tandis que ses compagnons, qui n'avaient « qu'un objectif matériel limité » (PL, p. 1103), atteignent le sommet.

Les ressemblances entre ces œuvres dialoguées ou dansées sont frappantes. Dans les quatre, le destin d'un couple est en jeu. L'entente entre l'amant et sa bien-aimée est précaire, sinon impossible, soit qu'un tiers l'empêche, soit qu'ils portent en eux-mêmes le germe de leur désaccord. Que nous vaut leur expérience, qu'y gagnons-nous ? Une vue nouvelle sur les rapports qui s'établissent entre le poète et la poésie, ce mystère que l'auteur cherche à pénétrer.

Le jeune homme d'Aulan, *L'Homme-miroir, L'Homme au rayon de soleil* et l'explorateur Hermez sont des poètes, c'est-à-dire qu'ils font apparaître, chacun à sa manière, quelques traits qui caractérisent ce personnage mythique, sans le définir entièrement. Pour donner une image complète du poète, il faudrait superposer ces ébauches comme des calques et les parfaire à l'aide des aphorismes et des poèmes. Mais le résultat serait encore provisoire. Dans *Claire*, le poète se fait dire par son amie : « Tu n'es jamais celui que j'ai devant les yeux. Ne proteste pas. C'est cela la richesse ! » (PL, p. 896)

Lorsque le jeune homme qui a pénétré dans le château d'Aulan voit l'inconnue, il s'éprend d'elle. « Jusqu'à vous, lui dit-il, je n'ai vu qu'une verte agonie. » C'est le coup de foudre. La « maîtresse de cet éclair » l'agrée, il lui jure fidélité. L'enthousiasme qui les gagne se voit au vent qui se lève. Pour André Breton, la joie est « un appel de l'air » (« Pour Dada » dans *Les Pas perdus*). René Char, qui rêve que sa maison n'a plus de vitres, veut s'unir au vent comme l'étudiant d'Aulan (« J'habite une douleur »).

La Conjuration nous fait voir le poète sous un autre angle : *L'Homme-miroir* est celui qui révèle les êtres à eux-mêmes. Ce don se manifeste par l'éclat de sa peau, qui attire les oiseaux comme un miroir à alouettes. L'image se retrouve dans « Chant du refus », où René Char, pour nous notifier son silence, écrit que « l'aile de l'hirondelle n'a plus de miroir sur terre ». Le héros de *La Conjuration* cependant ne sait que faire de son pouvoir. Il est gauche comme le martinet qui touche au sol (ou comme l'albatros de Baudelaire). Il périt pour ne pas avoir su assumer sa solitude, contrairement à Char, qui déclare dans « Suzerain » : « Je vis qu'il n'y aurait jamais de femme pour moi dans MA ville. »

Dans *L'Homme qui marchait dans un rayon de soleil*, le fossé entre le poète et la société s'élargit. Frappé d'anathème, le poète est d'autant plus isolé que la jeune fille qu'il convoite le refuse elle aussi. Char oppose à l'obstination du poète l'indolence de la poésie, à l'« ascension furieuse », « le jeu des berges arides » (PL, p. 189). Le poète est « le Voilier » (« la grand-voile », dans le poème « Fièvre de la Petite-Pierre d'Alsace »), la poésie « la part attractive, toujours aimée en vain », « la grande Passante ».

L'Abominable des neiges n'a retenu l'attention ni des compositeurs, ni des chorégraphes, ni des critiques. Nicolas de Staël, avec qui René Char était lié, aurait aimé en réaliser les décors, mais le projet échoua. L'argument était-il trop maigre ? Dans une lettre adressée à Nicolas de Staël, Char écrit qu'il ne sait travailler sur le détail [56]. N'empêche que le thème, qui sera repris dans le poème « Eros suspendu », annonce le mythe personnel qui formera le fil conducteur d'*Aromates chasseurs*.

Tandis que ses compagnons n'aspirent qu'à vaincre l'Everest, l'explorateur Hermez désire faire la conquête de Vénus, la déesse de la beauté et de l'amour, qui se trouve tantôt dans le ciel, tantôt aux abords de la montagne. Après s'être donnée à lui, Vénus ne descend plus sur terre, mais hante l'imagination des mortels. Char s'identifie aussi bien à l'explorateur qui gagne les faveurs de la déesse qu'à son homonyme, le messager des dieux, inventeur de la lyre et père d'Eros. Aux amants, il emprunte « le vide » (le désir inassouvi), à « la bien-aimée » (la planète), « la lumière » (PL, p. 166).

Les femmes que le poète assiège, qu'il cherche à forcer dans leurs retranchements, sont des êtres énigmatiques, qui vivent à l'écart, des natures capricieuses, qui ne relèvent de personne. René Char leur prête les particularités qu'offre à ses yeux la poésie. La châtelaine d'Aulan est « l'inconnue ». Elle incarne le mystère que Rimbaud, Char et les jeunes campagnards d'Aulan pourchassent. Vénus est aussi inaccessible qu'elle, étant d'essence divine. C'est parce qu'elle symbolise l'impossible, voire l'interdit, qu'Hermez veut s'en rendre maître. Vénus vit en exil comme la poésie et la beauté : « La beauté fait son lit sublime toute seule, étrangement bâtit sa renommée parmi les hommes, à côté d'eux mais à l'écart. » (PL, p. 380) *La Conjuration* et *L'Homme qui marchait...* nous font voir les difficultés qu'ont le poète et la poésie à se rejoindre. Les jeunes filles se tiennent sur leur garde, ne voulant pas aliéner leur liberté ; la société les prend pour des dissidentes. « ...la poésie qui va nue sur ses pieds de roseau, sur ses pieds de caillou, ne se laisse réduire nulle part » (PL, p. 163), lisons-nous dans « Partage formel ».

Les pièces de René Char et ses arguments de ballet débouchent sur un drame. Dans l'idylle d'Aulan, la femme aimée est tuée par un rival, dans les autres pièces, le héros succombe. Ou le poète est privé des fruits de ses efforts, et l'« objet souverain inapprochable » « vole en éclats » lorsqu'il est sur le point de le toucher (PL, p. 662). Ou il paye son obstination de sa vie, comme nous le montrent les poèmes « Possible », « Le Mortel Partenaire » et « Homme-oiseau mort et bison mourant ». Quand on envisage le théâtre sous cet angle, on découvre que le même scénario se répète. C'est aussi celui de la « Fête des arbres et du chasseur », où le poète-chasseur met le feu à la forêt en tuant les oiseaux « pour que l'arbre lui reste » (PL, p. 283). René Char soutient ce paradoxe dans ses réflexions sur la poésie, par exemple dans « La bibliothèque est en feu » :

> *Le poète ne retient pas ce qu'il découvre ; l'ayant transcrit, le perd bientôt. En cela réside sa nouveauté, son infini et son péril.* (PL, p. 378)

Dans « L'Age cassant » :

> *Sur la poésie la nuit accourt, l'éveil se brise, quand on s'exalte à l'exprimer.* (PL, p. 766)

Ou dans « Impressions anciennes » :

> *...Créer : s'exclure. Quel créateur ne meurt pas désespéré ?* (PL, p. 744)

Mais sa pensée est mouvante, et ses conceptions sont toujours sujettes à révision. On dirait que les rapports entre le poète et la poésie, il les redécouvre, les réinvente au moment même où il écrit. Nous assistons à leur genèse, à leur transformation, et le modèle d'analyse que nous avons proposé n'est pas à même d'en rendre les nuances.

Il semble cependant qu'une autre poétique se cache derrière les approximations de Char : celle de Rimbaud, qui fait partie des « grands astreignants », avec qui il est resté toute sa vie en conversation mentale. Dans la lettre du Voyant, nous lisons :

> *[Le Poète] arrive à l'inconnu, et quand, affolé, il finirait par perdre l'intelligence de ses visions, il les a vues ! Qu'il crève dans son bondissement par les choses inouïes et innombrables : viendront d'autres horribles travailleurs ; ils commenceront par les horizons où l'autre s'est affaissé !*

Pour Char, Rimbaud est allé jusqu'à illustrer sa thèse en la vivant. Dans un poème qu'il lui a consacré, il écrit :

> *Cet élan absurde du corps et de l'âme, ce boulet de canon qui atteint sa cible en la faisant éclater, oui, c'est bien là la vie d'un homme !* (PL, p. 275)

La pièce *Claire* est moins chargée et plus facile à jouer que *Sur les hauteurs* et *L'Abominable des neiges.* C'est une suite de dix tableaux, qui ont tous la même toile de fond : la rivière Claire, qui reflète les préoccupations des personnages féminins, dont la plupart portent comme elle le nom de Claire. Les femmes se dédoublent donc, elles sont multiples, comme la poésie et le poète. Le paysage et la vie du poète cependant sont à peine transposés, l'auteur prend moins de libertés avec la réalité que dans d'autres pièces. Claire (la Sorgue) naît dans le gouffre de Vaucluse, elle longe les fabriques de papier, contourne les îlots en aval du Partage des Eaux, traverse les quartiers habités et irrigue les champs avant de se jeter dans le fleuve. René Char se peint sous les traits d'un chef de la Résistance qui se tire adroitement d'une mission délicate. Après la guerre, on le retrouve « en chandail et pantalon de velours » dans le refuge qui abritait les maquisards. Il est en compagnie de la Rencontrée, qui est à la fois sa femme et la poésie, celle à qui on s'adresse et aux côtés de laquelle on se rafraîchit (« Bandeaux de *Claire* », PL, pp. 654-655). Leur enfant s'appellera Claire. Dans ce monde gros de haine, René Char joue la carte de la poésie. Après l'avoir défendue les armes à la main, il s'en servira pour ranimer le centre même de notre vie, le foyer de la Rencontre.

Tandis que les tableaux de *Claire* nous laissent entrevoir des couples bien ou mal assortis, la rivière s'apprête à rejoindre celui auquel elle est destinée : le grand Fleuve. La rencontre des éléments se superpose donc aux rencontres individuelles. Née « des violentes amours de la nuée et du glacier » (PL, p. 867), Claire va mêler son eau limpide à l'eau limoneuse. Le Rhône de Mistral symbolise la vie humaine de la naissance à la mort, la Sorgue de Char, le développement d'une jeune fille. Pour les deux poètes, l'eau a une vertu nourricière qui irrigue la vie provençale. René Char la retrouve dans la poésie, dont l'effet se fait sentir bien au-delà de toute Provence géographique ou mythique.

Ce que ce « théâtre de verdure » suggère, René Char le précise dans les « Bandeaux de *Claire* ». Il est indispensable d'aller au bord de la Sorgue ou d'une autre rivière, d'y plonger les bras et d'en suivre le cours pour comprendre la valeur symbolique de l'eau. Comme dans les poèmes, le sens figuré est inséparable du sens concret. La compénétration de ces différents niveaux est particulièrement sensible dans le deuxième alinéa du premier bandeau :

> *En touchant ta main, jeune fille, je sens la douce fièvre de l'eau qui monte. Elle m'effleure, me serre en s'enfuyant, et chasse mes fantômes.* (PL, p. 654)

Le Soleil des eaux, la plus connue des pièces de Char, est sans doute la plus conventionnelle : c'est l'histoire d'une révolte des pêcheurs de L'Isle contre les dirigeants d'une usine qui pollue les eaux de la Sorgue et fait mourir les truites. Char prend la relève de Mistral, qui dénonçait dès 1894 dans son journal l'*Aïoli* « les usiniers » qui empoisonnaient les Sorgues et détruisaient le poisson, et sa protestation est toujours actuelle. Mais l'intérêt de la pièce réside dans les sentiments que l'auteur prête aux protagonistes. Leurs principes sont ceux qu'il appliquait lui-même au maquis, *Le Soleil des eaux* est une transposition de son expérience personnelle. Ce que les *Feuillets d'Hypnos* nous livrent à chaud est explicité dans la pièce de théâtre. L'auteur se projette dans plusieurs personnages, aussi bien dans Francis Abondance, le chef des pêcheurs, que dans son père Auguste, qui se charge avec les Anciens des tâches délicates. Il n'est pas jusqu'à Apollon, le jeune colosse, leveur de poids, qui n'incarne quelques traits du poète.

Avant d'être appelé à prendre la tête de la rébellion, Francis Abondance était connu comme séducteur et homme à femmes. Ce côté papillon (PL, p. 948) ne l'empêche pas d'assumer ses responsabilités dès que le conflit éclate et de veiller à tout. La scène XXXV, où Francis et Auguste Abondance échangent quelques propos avant de passer à l'action, est une des plus belles. Le père recommande à son fils de ne pas se laisser emporter par la haine :

> *...souviens-toi que dans le pire couloir de l'enfer, il y a quand même quelque chose ou quelqu'un à sauver.* (PL, p. 1041)

Après avoir écrit *Le Soleil des eaux*, René Char retrouva dans sa pièce les grandes figures de la mythologie grecque, qui, en Provence, « sont présentes à fleur de terre »[57]. Francis Abondance ressemble à Apollon, le dieu de la Beauté, de la Lumière, des Arts et de la Divination, l'Armurier, qui lui donne la dynamite pour faire sauter le barrage, à Héphaïstos, le dieu du Feu. Le pêcheur d'anguilles, le Drac, qui moucharde ses confrères et les trahit, non pas pour de l'argent, mais pour le plaisir de faire le mal, est le serpent Python, qu'Apollon perce de ses flèches. Char crée son propre mythe. Mais si les pêcheurs de L'Isle entrent dans la légende, ils ne cessent d'être vivants, et les indications scéniques nous montrent combien René Char est resté attaché aux rives de la Sorgue.

Un autre drame, qui n'apparaît qu'en filigrane, se greffe sur celui des pêcheurs de L'Isle. La pièce est présentée par le fils de Francis Abondance et de Solange, la fille du contremaître de l'usine, dont l'histoire se déroule en marge de l'action principale. Le narrateur est chasseur, il a des appelants ; à l'instar du poète, il se sert d'un leurre pour attirer sa proie. Ce chasseur-poète, qui se complaît à nous parler du grand amour de ses parents, passe la fin de leur histoire sous silence. Dans les documents joints à la pièce, l'auteur écrit que Solange a perdu la raison sans nous dire pourquoi. Il semble que Francis et Solange, dont l'amour avait commencé sous de si favorables auspices, soient allés au-devant d'un échec comme la plupart des autres couples du théâtre de Char.

8

LES RECUEILS D'APHORISMES DE *MOULIN PREMIER* À LA *SÉRÉNITÉ CRISPÉE* : POÉTIQUE ET ÉTHIQUE

Dans les premiers textes publiés dans *Le Surréalisme au service de la révolution,* René Char explore l'arrière-pays du poème, et cette réflexion sur la poésie, qui ne cessera d'accompagner la composition de ses ouvrages, débouche petit à petit sur une réflexion sur la vie, la poésie étant « une expérience de la totalité » (PL, p. 732), dire et vivre ne faisant qu'un. Ce glissement du plan poétique au plan moral est particulièrement sensible quand on lit à la file *Moulin premier,* « Partage formel », *Rougeur des Matinaux* et *A une sérénité crispée.* Le recueil *A une sérénité crispée* paraît en 1951, la même année que *L'Homme révolté* d'Albert Camus. Le critique André Rousseaux signale cette date aux futurs historiens de la littérature et montre que les deux livres se répondent [58].

Dans *Moulin premier,* écrit au sortir de la maladie qui l'avait cloué au lit pendant huit semaines, le poète dresse le bilan des expériences faites depuis la parution du *Marteau sans maître.* La maladie ayant aiguisé ses perceptions et accru son pouvoir d'expression, il rédige la plupart des textes d'un trait. *Moulin premier* paraît en décembre 1936 grâce aux soins d'Eluard.

Une introduction publiée dans l'édition de la Pléiade nous informe sur la genèse de l'œuvre :

> *J'avais traversé nombre de murs, creusé dans tous les sens ma mine, senti, en même temps que la brûlure de phosphore de la poésie*

> *achevant de se consumer sur mon cœur révolu, se dégager et se former ma seconde personne vivante, mais j'éprouvais aussi une angoisse de fin du monde.* (PL, p. 1240)

Le poète se compare à un mineur qui se fraye un chemin dans les entrailles de la terre et veille à ce que sa galerie ne s'écroule pas. Ce n'est pas un hasard si le recueil était d'abord intitulé *Etais* [59] : le poète tenait à consolider (à étayer) sa mine, à reprendre la construction en sous-œuvre. Car la vraie poésie est « creusante » (« Partage formel », PL, p. 165), elle ne se contente pas de la surface des choses. L'image du mineur renvoie au *Marteau sans maître*. « Touriste des crépuscules », dont « Le filon de foudre / Se perd sous terre » (PL, p. 34), le poète canalise « l'écume du monde souterrain » (PL, p. 27).

Moulin premier s'ouvre et s'achève sur deux poèmes programmatiques d'une importance capitale, qui sont pour la connaissance de Char ce qu'est la lettre du Voyant pour Rimbaud. Dans le premier, le poète exalte les vertus du Réel, de ce Réel « dédaigneusement fui » (PL, p. 683) qui « désaltère l'espérance » (LNT, p. 33), et indique les moyens d'en obtenir un « abrégé poétique » (PL, p. 74) accessible à tous (« collectivement » satisfaisant). Si René Char identifie la poésie avec le Réel, c'est que « cette foudre pythienne » (PL, p. 741), dont il cherche à capter les reflets, se trouve au cœur même des choses, qu'elle est l'« enfant de la matière » (PL, p. 360). Pour René Ménard, un ami de Char qui a écrit un livre sur la création poétique, la poésie est « une pensée pressentie par l'inspiration » « qui existe déjà dans la vérité du monde », et non pas « une projection de l'esprit sur le monde » [60]. René Char est moins affirmatif, il procède comme à son ordinaire par tâtonnement, allant jusqu'à inverser le sens des mots lorsqu'il parle dans *Le Nu perdu* « De l'irréel intact dans le réel dévasté » (PL, p. 457), l'irréel étant ici la poésie, le réel, le milieu qui lui permet de s'épanouir.

Ce qui est plus important que de savoir définir la poésie, c'est d'en promouvoir la connaissance et de favoriser l'éclosion du poème. Les méthodes de Char tranchent avec celles des écrivains romantiques qui s'apitoient sur eux-mêmes, et s'épanchent en lieux communs ; elles se rapprochent de celles de Rimbaud, dont le dérèglement est *raisonné* comme celui de Char (« une sorte de commotion graduée ») : dans l'aphorisme n° I, Char parle de « se démanteler *sans se détruire* ».

Les notions d'alchimie affleurent. Comme dans les recueils précédents, Char emprunte ses images à la géologie, à la métallurgie et à l'échange charnel. L'illumination du poète conduit à la formation d'archipels, elle sert à l'épaulement des mines. Elle est comparable à l'orgasme, « ce déchirement ou cette félicité qui ne sont supportables que dans les rêves » (PL, p. 868).

Dans les deux poèmes qui encadrent les réflexions de *Moulin premier,* René Char s'adresse d'abord à lui-même. Il s'identifie aussi bien à l'« Aspirant vulnérable » du poème initial qu'à l'« Eclaireur » de « Commune présence », le poème final. L'aspirant est celui qui vise haut, qui est « irrésistiblement » jeté « en avant » (PL, p. 411), l'éclaireur celui qui procure « la lumière mentale » (PL, p. 685), qui capte (mais ne domestique pas) l'éclair. Le début de « Commune présence » reprend la fin du poème initial, qui évoque la quête du poète. Elle se retrouve dans un aphorisme d'*A une sérénité crispée* :

> *Notre ciel est une veille, notre course une chasse, et notre gibier est une goutte de clarté.* (PL, p. 759)

Dès « La connaissance productive du Réel... », la personne du poète se dédouble. Il est à la fois le « je » du locuteur et le « tu » qu'il interpelle. Dans « Commune présence », il hausse le ton et multiplie les injonctions. Il veut rattraper le temps perdu, développer les facultés qui sont restées en friche :

Tu es pressé d'écrire
Comme si tu étais en retard sur la vie
S'il en est ainsi fais cortège à tes sources
Hâte-toi
Hâte-toi de transmettre
Ta part de merveilleux de rébellion de bienfaisance
Effectivement tu es en retard sur la vie
La vie inexprimable
La seule en fin de compte à laquelle tu acceptes de t'unir
Celle qui t'est refusée chaque jour par les êtres et par les choses
Dont tu obtiens péniblement de-ci de-là quelques fragments décharnés
Au bout de combats sans merci

Toute la poétique de Char se résume dans ce poème qu'il faudrait citer en entier, une poétique de combat, à l'image de l'idée que le poète se fait de la condition humaine. L'adversaire (ou le partenaire), c'est « La vie inexprimable », « l'*inconnu* » de Rimbaud, le secret de la vie (ou le secret pour *« changer la vie »*), qui se retrouve dans la poésie. Mais qu'on ne s'y trompe pas : si cette vie est « inexprimable », c'est, comme l'écrit Jean Cohen dans *Structure du langage poétique*, qu'elle est inexprimable en prose, parce qu'elle « transcende l'univers conceptuel » [61]. Le langage poétique cependant réussit à l'exprimer, parce que c'est un langage figuré, que le poète invente au fur et à mesure. Le poète réussit à retenir la présence de l'Insoumettable (« Roger Bernard », PL, p. 646) à force de s'y acharner.

Il y a dans *Moulin premier* un mélange de rigueur et d'incohérence, les textes ne remontant pas tous à la même époque. Une dizaine ont paru dans *Le Surréalisme au service de la révolution*, deux « contes » datent de 1935. Quant à la forme, elle n'est pas moins étonnante. Bien que Char parle d'« une série de vers aphoristiques » (PL, p. 1240), il ne s'agit souvent ni de vers, ni d'aphorismes, mais de propositions comme il le dit lui-même dans la revue surréaliste (« Propositions-Rappel »), de thèses qu'il avance pour provoquer le lecteur. « Le poète a plus besoin d'être ʺ échauffé ʺ que d'être instruit » (aphorisme n° XXXII). Tandis que Descartes recourt au *Cogito* pour affirmer sa personnalité, Char nous lance un défi. De là le ton péremptoire de ses sentences, leur style abrupt, qui appelle la réplique : « S'il n'y avait pas d'objections, il n'y aurait pas de chemin... » (PL, p. 759)

Pour acérer sa plume et pour que ses textes ne dégénèrent pas en soliloques, René Char use dans *Moulin premier* d'un stratagème que Lautréamont, Eluard et Breton ont employé avant lui : il s'inspire des pensées d'un autre qu'il récrit à sa manière. Comme Victor Hugo est pour lui parmi les poètes français « celui qui retient et repousse le plus à la fois » [62], c'est sur lui qu'il s'appuie. Hugo lui sert donc de tremplin : à partir de ses idées, Char découvre les siennes ; en le contredisant, il prend son élan. Par ces « greffes », ces « collages », il se démarque de son prédécesseur et se trouve lui-même.

L'alternance des voix est patente quand l'une d'elles est mise entre guillemets, comme c'est le cas dans le fragment n° XI. Mais les rapports entre les deux interlocuteurs sont faussés, parce que les propos que René Char prête à Hugo ont été modifiés, de sorte qu'il dialogue une fois de plus avec lui-même. Tandis que Victor Hugo écrit dans *Post-scriptum de ma vie* : « Dieu s'enferme, mais le penseur écoute aux portes », Char note : « Le merveilleux aime à s'enfermer. De toute évidence pour que le poète écoute aux portes. » Ce principe, qui semble s'accorder avec sa poétique, il le dénonce cependant dans la phrase suivante à la manière de Rimbaud, qui, après avoir émis un avis, prend le contre-pied de ce qu'il vient de dire pour nous entraîner dans le tourbillon de ses pensées. Et comme Rimbaud, qui déclare dans la lettre du Voyant que les nouveaux sont libres « d'exécrer les ancêtres », René Char condamne ses confrères « sans bras ni tête » (aphorisme n° V) : « Tribus sont aujourd'hui les laboureurs de sable. »

Char oppose « le poème *offensant* » à « la poésie courtisane » (aphorisme n° XXXIV). Contrairement à Benjamin Franklin, l'inventeur du paratonnerre qui a domestiqué l'éclair, il rêve d'être « porteur d'alluvions en flamme » (aphorisme n° IV).

Douze fragments de *Moulin premier* sont des contrefaçons de Victor Hugo ; la plupart des autres adoptent le même langage énigmatique, de sorte qu'il est difficile d'en tirer une poétique cohérente. Il y a des lacunes, des arrêts brusques qui coupent le développement des idées. L'étude des variantes en facilite parfois la compréhension [63].

L'aphorisme n° VII propose le texte suivant :

> *Devant les responsabilités du poème, sans hilarité, j'aime à croire le poète capable de proclamer la loi martiale pour alimenter son inspiration. L'étincelle dépose.*

Char avait d'abord écrit :

> *Devant les* difficultés *du poème...,*

ce qui nous ramène au « commerce amoureux et belliqueux » (Jean Starobinski) qu'entretiennent le poète et la poésie. Il se retrouve dans une variante de l'aphorisme n° XII, où le poète note que « l'opération poétique » est « un crime qui ne paie pas ».

Souvent, le texte se complique d'une version à l'autre. Dans « Propositions-Rappel », nous lisons :

> *A l'embouchure d'un fleuve où l'on ne se jette plus parce qu'il fait du soleil sous les eaux, le poète seul illumine. Nouveau monde.*

Dans *Moulin premier,* Char écrit (aphorisme n° XXXVI) :

> *A l'embouchure d'un fleuve où nul ne se jette plus parce qu'il fait du soleil d'excréments sous les eaux panachées, le poète seul illumine : assainissement des antagonismes, édification des prodiges, déclin collectif.*

Si la première version est plus suggestive, la deuxième est plus creusante. Certaines images se perdent au cours des remaniements, quitte à être récupérées ailleurs (par exemple celle de la moire des eaux).

Dès *Le Surréalisme au service de la révolution,* René Char cherche à saisir les rapports qui existent entre la poésie et la beauté :

> *La beauté respirable, c'est sur cette vision que les poètes hissent le drapeau de l'au-delà.* (« Propositions-Rappel »)

La beauté est donc le support de la poésie, le sol où elle s'enracine. Le poète développe cette idée dans *Moulin premier :*

> *A ton heure, serein, tu prendras ton quart dans l'au-delà de la beauté respirable.* (Aphorisme n° XL)

Une nouvelle image, celle du marin qui assure la relève, se greffe sur celle de la beauté arborant le drapeau de la poésie. Mais le cumul des métaphores en réduit la portée. A force d'enrichir son texte, le poète risque de le rendre impénétrable.

L'apparition de la beauté prouve que le poème a réussi. Surgie des choses communes, elle « traverse notre champ radieux, lie tout ce qui peut être lié, allume tout ce qui doit être allumé de notre gerbe de ténèbres » (*A une sérénité crispée,* PL, p. 757). La beauté est l'amalgame du poème, elle en est la vérification. Mais son apparition est fugitive, elle ne se laisse pas assujettir, et celui qui la traque risque toujours de rentrer bredouille. Le poème « Dans la marche » (PL, p. 411) reprend l'image du poète-marin. La beauté est une « Beauté hauturière », le poète un pilote qui navigue hors de la vue des côtes. Dans *Moulin premier,* il se voit maniant le sextant de l'humour et posant des mines (aphorismes n° XXIX et L).

Les mots « poésie » et « beauté » sont souvent synonymes. Le poème « Dans la marche » les assimile l'une à l'autre, le ballet *L'Abominable des neiges* identifie Vénus à la poésie. La poésie et la beauté sont pour Char les détentrices de « la vraie vie ». Il les invoque au plus profond de sa détresse, à la guerre en Alsace, au maquis et lorsqu'il traverse une crise, dans les années 50 :

> *Beauté, est-il encore des mains discrètes pour dérober ton corps à l'infection de ce charnier ?* (LNT, p. 44)

Mais la beauté telle que la conçoit René Char n'est pas simplement un ensemble de caractères esthétiques, c'est une valeur morale, « cette méridienne force d'*ascension* » (PL, p. 214) dont il est animé, son credo d'homme debout.

Dans « La Rose de chêne », nous touchons du doigt le passage de l'ordre poétique à l'ordre moral :

> *Chacune des lettres qui composent ton nom, ô Beauté, au tableau d'honneur des supplices, épouse la plane simplicité du soleil, s'inscrit dans la phrase géante qui barre le ciel et s'associe à l'homme acharné à tromper son destin avec son contraire : l'espérance.*

La beauté « s'associe » à la résistance du poète, elle l'encourage à tenir bon, tandis qu'il risque sa vie pour elle. « L'instinct de conservation » et « le désir de beauté » (PL, p. 732) sont pour lui une seule et même chose, d'où l'aisance avec laquelle il passe de l'un à l'autre.

On s'étonne que René Char, qui semble être tout instinct, soit capable et désireux de soumettre ses idées au crible de l'analyse. Contrairement à ce qu'il dit dans un poème de jeunesse (« Jouvence » dans *Premières alluvions*), il sait prendre du recul et discuter rationnellement le premier jet de ses poèmes. Plusieurs aphorismes de *Moulin premier* sont consacrés aux rapports entre l'intuition et la raison ; dans *Moulin premier* et « Partage formel », il examine « le corps subtil du poème » (PL, p. 156) sur toutes les coutures. Tandis que le poète est pour Victor Hugo un grand imaginatif, il est pour Char un guetteur, qui cherche à surprendre les affleurements de l'inconnu. Dans l'aphorisme n° IX (PL, p. 64), il a remplacé le mot « imagination » du texte qui lui a servi de repoussoir par le mot « intuition ». L'intuition est pour lui la capacité de percevoir les « formes embryonnaires de la poésie » (aphorisme n° X, PL, p. 64), une sorte d'instinct prémonitoire :

> *A l'expiration de la réflexion on se heurte à l'intuition, très séduisante souris de casino. Comme on abandonne volontiers la première pour suivre la seconde ! Et ce manège essentiel est profitable aux deux, conjonctif de bonheur.* (PL, p. 64)

Le poète se tient donc de préférence à « l'orée de la connaissance » (PL, p. 751). Comme il désire incorporer la pensée naissante dans « la pyramide du Chant » (PL, p. 158), il nous associe à sa démarche tâtonnante et soumet ses poèmes à une analyse minutieuse. La difficulté est de couler l'état alluvial de sa pensée « entre les quatre murs d'un livre » (PL, pp. 330-331), de dire les choses sans que l'émotion se perde. « Le poème émerge d'une imposition subjective et d'un choix objectif », lisons-nous dans « Partage formel » (PL, p. 162). Le poète est à la fois un énergumène et un physicien (PL, p. 65), un illuminé et un homme d'action, un être qui projette et un être qui retient (PL, p. 166). « Magicien de l'insécurité » (PL, p. 156), il oscille entre deux pôles, « au seuil de la pesanteur », « mortellement visible » (Pl, p. 165).

Les aphorismes de Char sont d'une extrême concision, ce qui les rend souvent obscurs. Ils fournissent une telle quantité d'information qu'il faut se lancer dans de longs développements pour les expliquer. Le poète ne cesse de repenser sa poétique, ayant toujours recours à de nouvelles images. Ses réflexions se complètent, se recoupent ou se contredisent sans jamais préconiser de solutions de facilité.

Il arrive même que Char dresse des obstacles pour nous empêcher d'entrer de plain-pied dans sa poésie. Ce parti pris d'hermétisme, que certains critiques font semblant d'ignorer, il le professe dans la *Rougeur des Matinaux* :

> *Combien souffre ce monde, pour devenir celui de l'homme, d'être façonné entre les quatre murs d'un livre ! Qu'il soit ensuite remis aux mains de spéculateurs et d'extravagants qui le pressent d'avancer plus vite que son propre mouvement, comment ne pas voir là plus que de la malchance ? Combattre vaille que vaille cette fatalité à l'aide de sa magie, ouvrir dans l'aile de la route, de ce qui en tient lieu, d'insatiables randonnées, c'est la tâche des Matinaux.* (PL, pp. 330-331)

Il semble cependant que les réflexions de Char se décantent de *Moulin premier* à « Partage formel », qu'il cesse d'avancer par à-coups, de ruer dans les brancards et d'en vouloir à la société. Par une curieuse coïncidence, ses rancunes s'apaisent au moment où il entre dans la Résistance, et ses pensées prennent un tour plus classique. On dirait qu'en devenant guerrier, réfractaire, il s'est trouvé lui-même, que sa situation s'est clarifiée et que ses hantises l'ont quitté. Tandis que René Char parle dans *Moulin premier* de préférence à la première personne, il penche dans « Partage formel » vers la troisième, qui tient à distance. Près de la moitié des textes ont « le poète » pour sujet. Mais qu'on ne s'y trompe pas : « Le poème est toujours marié à quelqu'un. » (PL, p. 159) Derrière cette façade impersonnelle, c'est évidemment René Char qui paraît, partagé entre le désir de se confier et « la nécessité de conserver les maîtresses ombres ». (PL, p. 744)

Dans « Partage formel », Char recourt à un procédé qui figure dans toute son œuvre, et sur lequel il s'est prononcé à plusieurs reprises : le jeu des contraires. Il se réclame de philosophes et de poètes qui ont cherché à nous associer à la genèse de leurs pensées, Héraclite, Rimbaud et Nietzsche, mais il est évident que cette méthode lui est propre, et qu'avant de la pratiquer dans ses écrits il en a fait l'expérience dans la vie. « Je suis né et j'ai grandi parmi les contraires tangibles... », écrit-il dans *Contre une maison sèche* (PL, p. 482), et, dans *Feuillets d'Hypnos,* il se surprend en plein combat à comprendre le point de vue de ses adversaires :

> *Mon inaptitude à* arranger *ma vie provient de ce que je suis fidèle non à un seul mais à tous les êtres avec lesquels je me découvre en parenté sérieuse. Cette constance persiste au sein des contradictions et des différends. L'humour veut que je conçoive, au cours d'une de ces irruptions de sentiment et de sens littéral, ces êtres ligués dans l'exercice de ma suppression.* (PL, p. 225)

Comme un pôle positif et un pôle négatif forment un champ électrique, le rapprochement de mots qui s'opposent crée une tension. « Tu es lampe, tu es nuit », écrit Char dans *Les Matinaux* (PL, p. 308), et dans *La Parole en archipel :* « Comme il est beau ton cri qui me donne ton silence ! » (PL, p. 373) Le poète va d'un extrême à l'autre et nous entraîne dans cette gymnastique mentale. Quand la syntaxe emboîte le pas au contenu sémantique, il en résulte un balancement égal :

> *Né de l'appel du devenir et de l'angoisse de la rétention, le poème, s'élevant de son puits de boue et d'étoiles, témoignera presque silencieusement, qu'il n'était rien en lui qui n'existât vraiment ailleurs, dans ce rebelle et solitaire monde des contradictions.* (PL, p. 247)

Mais la rencontre des contraires n'aboutit pas à leur fusion, à moins qu'elle ne se fasse dans l'esprit du lecteur, qui découvre grâce à elle des rapports inattendus. Dans le fragment n° XVII de « Partage formel », René Char se démarque d'Héraclite, pour qui l'alliance des contraires engendre l'harmonie. Il ne faut pas non plus confondre sa dialectique avec l'antithèse de Victor Hugo. Son jeu est plus subtil, il se fait tout d'abord au niveau sémantique, comme si un mot appelait immédiatement son contraire. Les substantifs, les adjectifs et les verbes s'opposent, mais il y a aussi des affrontements d'une catégorie grammaticale à l'autre et des contradictions dans les termes : « Cendre toujours inachevée » (PL, p. 156), « la stabilité unilatérale » (PL, p. 162), « Cette forteresse épanchant la liberté... » (PL, p. 168). L'écriture de Char dérange nos habitudes de lecture, elle est semée d'embûches et nous déroute.

L'étude des variantes nous montre que la dialectique des contraires vise surtout à des effets de contraste, qu'elle est moins un principe philosophique qu'un moyen d'expression, dû à « l'énergie disloquante de la poésie » (PL, p. 399). Il est d'autant plus difficile d'expliquer les contradictions par la logique que le poète veut qu'elles nous en libèrent. Dans le poème « Pour un Prométhée saxifrage », Char écrit : « La seule lutte a lieu dans les ténèbres. La victoire n'est que sur leurs bords. » L'édition de la Pléiade nous révèle la première version : « La lutte a lieu dans *la lumière.* La victoire est *dans les ténèbres. On ne peut renverser cela. Le jour n'a de valeur qu'en hiver.* » Le premier jet, né d'une dialectique spontanée, a été adapté par Char à sa symbolique personnelle. Qu'il mette « la lumière » ou « les ténèbres », peu importe pourvu qu'il accentue le contraste. Un autre moyen pour nous rapprocher des choses est de nous en priver, de nous en donner le désir. Nous le voyons dans la dernière phrase qui a été éliminée : le jour n'a de valeur que quand les nuits sont longues, quand il se fait attendre.

Des propositions d'une grande simplicité voisinent avec les aphorismes dont nous venons d'évoquer les méandres. Elles sont d'autant plus émouvantes qu'elles nous rapprochent à la fois de la terre natale du poète et de son mystère. Ce sont des sources d'eau vive, des sites où on aime s'agenouiller pour boire (PL, p. 500) :

> *De ta fenêtre ardente, reconnais dans les traits de ce bûcher subtil le poète, tombereau de roseaux qui brûlent et que l'inespéré escorte.* (PL, p. 160)
> *Je suis le poète, meneur de puits tari que tes lointains, ô mon amour, approvisionnent.* (PL, p. 161)
> *Le poète tourmente à l'aide d'injaugeables secrets la forme et la voix de ses fontaines.* (PL, p. 166)
> *Le poète ne s'irrite pas de l'extinction hideuse de la mort, mais confiant en son toucher particulier transforme toute chose en laines prolongées.* (PL, p. 163)

*

La plupart des textes des *Matinaux* ont été écrits au Rébanqué, une maison de montagne entre Lagnes et la Fontaine de Vaucluse, où René Char s'est retiré après la guerre. Dans les aphorismes de *Rougeur des Matinaux,* sa vocation de moraliste se confirme. Il semble que les affres de la Résistance et de la Libération ne le tourmentent plus, mais « l'arôme de ces années essentielles » (PL, p. 222) ne s'est pas évaporé. Lorsqu'il rédige les aphorismes d'*A une sérénité crispée,* la « minuscule plaie » (PL, p. 291) dont témoignaient les poèmes de *La Sieste blanche* s'est envenimée, et le poète entre de nouveau en dissidence ; mais il s'agit cette fois d'un combat spirituel, qu'il devra soutenir seul.

Les observations de *Rougeur des Matinaux* sont plus générales que celles de « Partage formel ». Ayant jeté les bases de sa poétique et payé le prix des mots, le poète parle des hommes et des choses avec une compétence que l'expérience du maquis a accrue. Son vocabulaire est moins abstrait, et, dans nombre de fragments, l'image et l'idée vivent en symbiose comme dans les *Feuillets d'Hypnos.*

Quand le poète se prononce sur « l'état d'esprit du soleil levant » (aphorisme n° I, PL, p. 329), il regarde en arrière tout en assistant à la naissance du jour. « Le souvenir de la nuit » est celui des années noires de l'occupation, « le jour cruel » celui qui le ramène aux inquiétudes du moment. « La teinte du caillot » établit un lien entre le spectacle qui s'offre au poète et le sang qu'il a versé. Malgré ses démentis, ce sang ne cessera de l'obséder. Dans *L'Age cassant,* une autre suite aphoristique, il écrira : « Tuer, m'a décuirassé pour toujours. » (PL, p. 766)

L'aphorisme n° II (PL, p. 329) présente la même « scintillation très personnelle » (PL, p. 729). L'eau de la rivière, où le poète va se tremper le matin, est aussi celle qui vivifie, dont il est le porteur (PL, p. 496), l'eau qui « abreuve et irrigue » (LNT, p. 11). Dans « Partage formel », René Char résume sa stylistique en deux phrases :

> *Terre mouvante, horrible, exquise et condition humaine hétérogène se saisissent et se qualifient mutuellement. La poésie se tire de la somme exaltée de leur moire.* (PL, p. 162)

René Char se compare tantôt à un portefaix, tantôt à un passeur (PL, p. 168). La comparaison avec le portefaix s'impose pour un homme qui mesure 1 mètre 92. Le passeur (celui qui conduit les voyageurs d'une rive à l'autre) a pour Char une double fonction : il sert d'intermédiaire entre la poésie et les hommes et de redresseur de torts, « passeur de justice » (PL, p. 168). Le poète n'est pas seulement porteur d'eau comme Baudelaire et Nietzsche (PL, p. 62) ; brûlant, obstiné (PL, p. 400), il transmet aussi « le feu d'un mot inaltérable » (PL, p. 449), dont il porte les marques (aphorisme n° IX, PL, p. 331).

Comme chez Rimbaud, le poète « est dans la malédiction » (PL, p. 653), son entourage lui est hostile (PL, p. 71) et le prend pour un fainéant (un coucou, PL, p. 744). « C'est la condition pour sentir et dire juste. » (PL, p. 653) Char évoque la solitude du poète dans une de ces formules sibyllines dont il a le secret :

> *L'essaim, l'éclair et l'anathème, trois obliques d'un même sommet.* (PL, p. 333)

L'essaim symbolise sa générosité, la dissémination de ses idées, les « pans de poème » (PL, p. 722) qui se détachent. L'éclair est l'inspiration poétique, l'illumination soudaine, « la venue d'une réalité qui sera sans concurrente » (PL, p. 411), tandis que l'anathème est la réprobation qui l'entoure, l'exil auquel il est condamné. Le poète est solitaire comme le sommet d'une montagne, « droit et attentif parmi les hommes » (PL, p. 314), dans « une solitude qui a le moyen de se confier » (PL, p. 742).

Dans les réflexions d'*A une sérénité crispée,* Char fait le départ entre les chances manquées de l'après-guerre et l'espérance tenace. Albert Camus avait prévu qu'une liberté, conquise dans ces convulsions, n'aurait pas le visage tranquille et domestiquée que certains se plaisaient à lui rêver [64]. Char ne comptait pas parmi ces utopistes, mais il espérait que les hommes sortis de la Résistance deviendraient un ferment du renouveau. Il a été déçu et son désenchantement se reflète dans ses aphorismes. Il voit cependant qu'« une rougeur réapparue » (PL, p. 749), un retour d'angoisse et de colère, vont profiter à son œuvre.

Le verbe poétique fleurit au bord de l'abîme, comme s'il venait en aide à l'homme atteint au tréfonds de lui-même. L'Art naît de la douleur et conduit à la douleur (PL, p. 752), l'angoisse est la fermentation qui précède la révélation, la « brouillonne fertilité » de l'orage (PL, p. 443) qui accompagne l'éclair. Char sait que « la forme accomplie du poème » (Pl, p. 62), le « verbe en fleur » (PL, p. 453), ne jaillira que du drame personnel (PL, p. 752). Sans angoisse, il n'écrit que des pages insignifiantes et pourrit vivant (PL, p. 754). La poétique et l'éthique sont en continuel devenir, épousant l'expérience de la vie. C'est ce qui fascine aussi bien le poète que le lecteur :

> *L'acte poignant et si grave d'écrire quand l'angoisse se soulève sur un coude pour observer et que notre bonheur s'engage nu dans le vent du chemin.* (PL, p. 752)

Malgré ses déceptions, Char a gardé le goût du risque. « Comment vivre sans inconnu devant soi ? » (PL, p. 247) Dès *Moulin premier,* il s'en prend au bon sens (PL, p. 73), dans « Partage formel », il dénonce l'intelligence dans la vie (PL, p. 163), dans *Une sérénité crispée,* il exalte « l'expérience que la vie dément » (PL, p. 757) et s'écrie : « Que le risque soit ta clarté. » (PL, p. 756) Ces déclarations débouchent sur une image que lui a suggérée le printemps en Vaucluse :

> *J'aime l'homme incertain de ses fins comme l'est, en avril, l'arbre fruitier.* (PL, p. 757)

Brûlant de s'engager, le poète hait « la léthargie des forteresses » (PL, p. 758). Sa parole « frappe d'ouverture » (PL, p. 721), « demeure pour le souffle et la méditation » (PL, p. 731). Sa « fougue de rendre libre » (PL, p. 167) vient à bout d'un mal « entouré de murs » tel que le nazisme (PL, p. 749), parce qu'il respire plus fort que le bourreau (Pl, p. 221), qu'il a « le *second* souffle ». (PL, p. 754)

> *L'obsession de la moisson et l'indifférence à l'Histoire sont les deux extrémités de mon arc,* (PL, p. 754)

déclare René Char dans *A une sérénité crispée.* Commentant cet aphorisme, Albert Camus écrit que, si le temps de l'histoire n'est pas fait du temps de la moisson, c'est du temps perdu [65]. N'empêche que ni lui, ni Char ne se sont désintéressés du sort de leur pays lorsqu'il était occupé par les Allemands, et qu'ils sont intervenus dans l'histoire, la plume ou les armes à la main. Ce qui frappe chez René Char, c'est qu'il est partagé entre les sollicitations de la poésie et son engagement parmi les hommes, et qu'il le sera toujours, car, même après s'être retiré de la vie publique, il s'y intéresse encore et sort parfois de sa réserve. La force du poète est d'assumer ses contradictions, de ne pas chercher à les résoudre. Il s'est composé « une santé du malheur » (PL, p. 748), qui lui procure un bonheur relatif, « une sérénité crispée ». Contrairement à Camus, il n'a pas cédé à la tentation d'ériger ses idées en système. L'aphorisme, qui, en vertu de son caractère discontinu, suscite plusieurs interprétations, donne moins prise aux attaques qu'un raisonnement compact. Il est probable que les sentences de Char vieilliront mieux que *L'Homme révolté* de Camus.

9

LA NUIT INSPIRÉE

Si, selon les dictionnaires, la nuit est l'espace de temps qui s'écoule entre le crépuscule du soir et l'aube, le jour désigne d'une part le temps qui va du lever au coucher du soleil, d'autre part celui qui s'écoule pendant une rotation de la terre sur elle-même, qui comprend donc le jour, au sens précédemment défini, et la nuit. Le terme de jour, au contraire de celui de nuit, sert d'unité de temps, de norme, impliquant, quand il désigne un laps de temps de vingt-quatre heures, celui de nuit [66]. Ces données sémantiques reflètent une idée des usagers de la langue, qui est à l'opposé de celle de Char. Pour lui, c'est la nuit qui est la norme, et conformément à sa façon de voir, il dit « chaque nuit » pour « chaque jour » (dans « Cotes », PL, p. 451).

Pour Char, l'homme est dans la nuit, c'est-à-dire qu'il ignore presque tout de ses origines et de sa destination. La nuit est son élément, elle n'a ni commencement ni fin, elle ne se succède qu'à elle-même. Le jour est l'exception, le soleil, une sorte de lanterne tolérée par la nuit (« Sur une nuit sans ornement », PL, p. 393). « Etre-au-monde est une belle œuvre d'art qui plonge ses artisans dans la nuit », lisons-nous dans *La Nuit talismanique* (PL, p. 494). On dirait que, pour notre poète, le premier jour de la création du monde ne s'est pas encore levé ; les ténèbres ne se sont pas encore dissipées à la surface de l'abîme et l'esprit de Dieu est absent. Voulant regarder la situation de l'homme en face, Char refuse obstinément toute transcendance. Il dénonce les « geôliers de passage » et leurs promesses fallacieuses, « l'éternel compensateur, comme finalité triomphale du temporel » (« Les apparitions dédaignées », PL, p. 467). Nous sommes encerclés, emmurés, du berceau à la tombe. Il faut avoir le courage de se voir tel qu'on est, nu, vulnérable, insatisfait, et d'admettre « la nature tragique, intervallaire, saccageuse, comme en suspens, des humains » (PL, p. 467).

Cette conception de la vie n'apparaît qu'après la guerre. Dès ses premiers écrits, Char exploite cependant l'effet produit par le rapprochement des antonymes jour/nuit pour donner du relief à ses idées. Ainsi, il écrit dans le fragment découvert par Georges Mounin, qui remonte à 1924-25, que la poésie, « arbre nocturne », pousse « au centre du jour »[67]. Dans plusieurs textes du *Marteau sans maître* et de *Moulin premier*, il met la nuit en contraste avec une source lumineuse, que ce soient des lucioles ou l'aube. Quand il oppose « L'oiseau rouge des métaux » qui « Vole soucieux d'embellir l'existence » à « un ciel d'indifférence », le sens figuré qu'il prête au ciel se rapproche de celui que prendra la nuit plus tard (« L'Historienne », PL, p. 40).

La poésie de *Dehors la nuit est gouvernée* « sème ses planètes dans le ciel intérieur de l'homme » (PL, p. 85). Elle ne se détache plus, comme dans le fragment de 1924-25, en noir sur un fond clair, mais apparaît au cœur de notre nuit comme « une infinité de parcelles lumineuses » (PL, p. 471). Dans les *Feuillets d'Hypnos*, Char précise le sens qui se rattache pour lui à la couleur noire :

> *La couleur noire renferme* l'impossible *vivant. Son champ mental est le siège de tous les inattendus, de tous les paroxysmes. Son prestige escorte les poètes et prépare les hommes d'action.* (PL, p. 230)

Les qualités qu'il prête à la couleur noire sont semblables à celles qu'aura pour lui la nuit : elle contient (contrairement aux théories de Newton) toutes les autres couleurs, riche « de tous les inattendus, de tous les paroxysmes ». Or, l'inattendu, l'inconnu, l'inexprimable, l'impossible, s'identifient souvent pour Char avec la poésie. La nuit est pleine de poésie latente, elle est grosse d'orages et d'éclairs.

Pour les maquisards des *Feuillets d'Hypnos*, la nuit est un havre où ils se sentent revivre (fragment n° 224, PL, p. 229), une eau qui les abreuve. Recru de fatigue et de lumière, le poète s'écrie :

> *Venez à nous qui chancelons d'insolation, sœur sans mépris, ô nuit !* (PL, p. 218)

Après la guerre, il prend congé de ses camarades, plongeant dans la nuit pour permettre aux souvenirs de remonter à fleur de mémoire. Le poème « Les Lichens » nous le montre après son départ, marchant parmi les collines que le soir envahit.

Dans *Une sérénité crispée*, le symbolisme du jour et de la nuit se précise. Si la nuit que traverse le poète est l'image d'une mauvaise passe (PL, p. 749), celle qu'il veut remettre « sur ses rails » (PL, p. 759) est l'obscurité qui nous environne, l'inconnu d'où lui vient le secours. La philosophie de Char se constitue définitivement dans *La Parole en archipel*, notamment dans les aphorismes de « Sur une nuit sans ornement ». Une suggestion faite par la langue (le couple jour/nuit) lui a permis de trouver son expression.

Ce n'est pas que la pensée du poète s'insère désormais dans un moule rigide. Comme le montrent ses aphorismes, l'image de la nuit est susceptible d'interprétations différentes. Char distingue entre « la nuit imbécile » (PL, p. 663), « le vide horrible » (PL, p. 730), et la nuit mouvementée, « brouillonne » (LNT, p. 16), « orageuse » [68]. C'est cette « nuit vivante » qu'il invoque le plus souvent, celle qui « porte nourriture », qui est « fertile » (PL, pp. 392-393), « abreuve et irrigue » (LNT, p. 11) ; la nuit porte-bonheur (talismanique), qui a des vertus magiques. Semblable au silence, elle nous permet de nous refaire, de reprendre souffle.

René Char fait l'expérience de la nuit de 1955 à 1958, au cours d'une période d'insomnies. Pour lutter contre les souvenirs qui l'obsèdent, il se met à dessiner et à peindre. Muni de moyens de fortune, d'encre de Chine de couleur, de bâtons de cire, de pointes rougies au feu, de plumes, de couteaux, il essaye de confier ses angoisses à des bouts de carton blanc et à des écorces de bouleau. Pour éviter la lumière électrique qui lui fait mal aux yeux, il s'éclaire d'une bougie, dont la flamme, « mobile comme un regard » (LNT, p. 12), réagit au moindre souffle. Une dizaine d'années plus tard, l'éditeur Albert Skira lui propose de publier ses œuvres sur papier et les réflexions auxquelles elles ont donné lieu dans la collection des « Sentiers de la Création », qui allie textes et images. *La Nuit talismanique* paraît en 1972. Placé sous le signe de la nuit, l'ouvrage se compose de deux textes d'ouverture, d'un choix d'aphorismes, ainsi que de deux ensembles : « Faute de sommeil, l'écorce... » (1955-58) et « La nuit talismanique qui brillait dans son cercle » (1972). Il est orné de trente-six illustrations de René Char qui remontent aux années 1955-58.

Ce qui fascine le poète, ce qui le tient en haleine, ce qu'il guette, ce n'est pas la nuit en soi, c'est l'instant où elle s'ouvre pour laisser passer la lumière, soit que les ténèbres sombrent autour d'une bougie, soit qu'elles éclatent en mille éclairs. Le poète vit « dans l'entr'ouvert », « sur la ligne hermétique de partage de l'ombre et de la lumière » (PL, p. 411), « à la lisière du concret » (PL, p. 662), à « l'orée de la connaissance » (PL, p. 751). Son verbe se glisse dans la brèche qui s'ouvre dans la nuit, l'illumination et son expression se succèdent immédiatement, l'une engendrant l'autre.

Char ne s'est pas lassé de célébrer la fête où « la parole qui penche pour le poème », « à l'instant de la déchirure, le devient » (PL, p. 724). L'apparition de la lumière est parfois lente comme la naissance du jour :

> *La nuit se colore de rouille quand elle consent à nous entrouvrir les grilles de ses jardins.* (PL, p. 392)

Il lui arrive de tomber sur nous « comme la foudre d'un ciel qu'on croyait sans surprise » (PL, p. 900). Le poète est convaincu que ces moments d'ivresse se répètent : « L'éclair me dure. » (PL, p. 378) Il se sait privilégié :

> *Enchemisé dans les violences de sa nuit, le corps de notre vie est pointillé d'une infinité de parcelles lumineuses coûteuses. Ah ! quel sérail.* (PL, p. 471)

Le jour et la nuit se font valoir comme les tons d'un tableau. Pour que la lumière soit intense, pour qu'elle soit une révélation, il faut que la nuit soit profonde, riche de possibilités. Si la nuit est un « relais qui permet à l'être blessé de recouvrer ses forces » (PL, p. 742), elle est aussi le laps de temps qui s'écoule entre deux états de voyance, « l'attente des prochaines combustions »[69]. Le poète doit savoir profiter de ce répit pour reconduire son mystère (PL, p. 393) et faire du « vide horrible » qu'il sécrète « un espoir-pressentiment » (PL, p. 730). René Char développe ses idées dans son essai sur Rimbaud et dans le poème « Le Nu perdu » :

> *Porteront rameaux ceux dont l'endurance sait user la nuit noueuse qui précède et suit l'éclair. Leur parole reçoit existence du fruit intermittent qui la propage en se dilacérant.* (PL, p. 431)

Il faut être dans l'obscurité pour découvrir les secrets des ténèbres, il faut toucher le fond du désespoir pour renaître à la vie. C'est justement *parce que* la nuit est pour lui la seule réalité authentique que Char est à la recherche de quelque lumière et des êtres qui la reflètent (PL, p. 1252). L'espoir qu'il suscite, le désir de lumière qu'il donne aux choses (PL, p. 675), est « le surressort » (PL, p. 742) de son pessimisme, sa façon de faire échec à son destin. La pensée de Char est proche de celle de Camus. Elle est moins abstraite cependant, l'image de la nuit étant sa clef de voûte.

L'éclair qui troue les ténèbres nous éblouit tout en nous ouvrant un monde ignoré, l'espace inondé de lumière. La poésie produit le même effet. Elle est à la fois un sentiment qui nous ravit et la révélation d'une vérité qui en découle. La poésie produit « ce que la connaissance veut garder secret » (PL, p. 263). Mais son apparition est aussi rapide que celle de l'éclair. Le poète a beau lui courir après, il ne peut s'en rendre maître, elle vole en éclats lorsqu'il est sur le point de l'atteindre (PL, p. 662) :

> *Sur la poésie la nuit accourt, l'éveil se brise, quand on s'exalte à l'exprimer.* (PL, p. 766)

L'éclair « tantôt nous illumine », « tantôt nous pourfend » (PL, p. 381). Le poète « assume de perpétuels et renaissants périls » (PL, p. 653). Quand il réussit à nous faire partager ses rendez-vous avec la foudre, quand il rapporte sur la page blanche ce qu'il a entrevu « dans les ténèbres de l'occasion » (PL, p. 897), le poème jaillit comme « la flambée d'une herbe aromatique » (PL, p. 493) qui nous coupe le souffle.

René Char ne cesse de revenir sur ces rapports complexes dont il nous donne chaque fois une nouvelle variante :

> *...si je savais ce qu'est Rimbaud pour moi, je saurais ce qu'est la poésie devant moi, et je n'aurais plus à l'écrire...* (PL, p. 732)

Char voit en Georges de La Tour un allié substantiel, dont la peinture est sur le même axe que sa poésie. Bien avant que de luxueux albums l'eussent mis à la mode, le poète avait épinglé au mur de son P.C. à Céreste une reproduction en couleurs du « Prisonnier ». Quand les réfractaires franchissaient le seuil de la porte, ils étaient frappés par cette scène qui les révélait à eux-mêmes. Dans « Le Prisonnier », une femme se penche sur un vieil homme assis, qu'elle semble encourager de la voix et du geste. Leur dialogue, qu'isole le vide nocturne, est souligné par l'échange des regards. L'homme est dans la détresse, mais « le Verbe de la femme », qui tient une bougie à la main, « donne naissance à l'inespéré » :

> *Reconnaissance à Georges de La Tour qui maîtrisa les ténèbres hitlériennes avec un dialogue d'êtres humains.* (PL, p. 218)

Il est étonnant que Char ait préféré l'art fragile et recueilli de La Tour à la peinture du Caravage, dont les puissants contrastes d'ombre et de lumière rendent mieux l'incohérence de notre existence. La lumière du Caravage sépare les personnages, celle de La Tour les unit, l'un nous fait voir le jour, l'autre la nuit. La Tour est, selon Malraux, qui l'oppose dans *Les Voix du silence* au Caravage, « le seul interprète de la part sereine des ténèbres »[70]. Ses personnages émergent de l'ombre sans lui ravir son pouvoir, les pâles flammes qui les éclairent les arrachant difficilement à la nuit. Mais leurs visages sont transfigurés par une lueur mystérieuse. C'est la lumière mentale, celle que le poète attribue à la poésie : « elle relève doucement le vent qui tombe durant sa course, quand il s'efforce de venir en aide aux hommes dans le désespoir »[71].

*

Ce qu'est la flamme d'une veilleuse, d'une bougie ou d'un tison pour les bergers de La Tour, l'éclair l'est pour la terre, et les météores, les comètes et les étoiles le sont pour l'univers. Bien que la conquête de l'espace le laisse indifférent, le poète rêve de « jaillir en bouquet » (PL, p. 382), de participer, à la suite du poème, aux « noces de la grenade cosmique » (PL, p. 165). Char n'éprouve ni l'effroi de Pascal, ni l'admiration de Kant en face du ciel étoilé, mais presque une sorte d'indifférence. Les étoiles font partie de ce manège gigantesque dans lequel le système solaire n'est qu'un rouage parmi d'autres. Obéissant à une fatalité profonde, elles volent « sans parvenir » (PL, p. 428) « dans l'espace cruel » (PL, p. 403). Le poème « Eros suspendu » nous les montre, voyeuses brûlant de convoitise, assistant aux ébats amoureux de Vénus, la « divine femelle », symbole de la beauté, que le poète a ramenée sur la terre. Le firmament, où « le pain des étoiles » est « ténébreux et durci » (PL, p. 437), n'est rien auprès du ciel intérieur de l'homme et des astres que la poésie fait éclore. Contrairement à ce qui se passe pour la flamme et pour l'éclair, les étoiles restent en deçà de ce qu'elles symbolisent, le comparant pâlit vis-à-vis du comparé. L'ambition de Char, lorsqu'il écrit un poème et cherche à traduire sa vision « en galaxie » (PL, p. 140), est de rivaliser avec le firmament, d'éclipser sa beauté. Seul l'art donne un sens au mécanisme céleste, lui seul arrache l'univers à sa léthargie. Animé d'un orgueil démesuré, le poète s'imagine rendre à la voûte étoilée son éclat, empêcher la terre de mourir (« Lutteurs »).

Les étoiles symbolisent tantôt la poésie, tantôt le poème, tantôt le poète. La poésie est « un astre non commun » (ES, p. 12), « la Passante-Servante » qui « perce l'ombre » (ES, p. 7), « la nova écumante, dont le pollen va se mêler, un pur moment, à [notre] esprit » (PL, p. 663). Elle est la seule lumière dans le creuset d'un monde invivable (PL, p. 593), le seul espoir de notre « galère cosmique » (PL, p. 711). Le poème est la constellation du Solitaire (PL, p. 378), l'édifice frissonnant [72] qui lui permet de « pointiller l'espace » (PL, p. 540). Le poète rêve de se voir poème quand il sera mort (PL, p. 383). Dans *Aromates chasseurs*, il anticipe ce plaisir et se prépare à entrer dans la légende.

Georges Mounin [73] a brillamment commenté la phrase de « Mission et révocation » : « La terre s'éjecte de ses parenthèses illettrées. » Char voit la terre roulant bêtement sur son orbite. Elle est enfermée dans ces « parenthèses » comme la douille dans la culasse d'une arme à feu (cette douille qui « s'éjecte » une fois le coup parti). L'effort qu'il fait pour se dégager des routines, il le transpose sur la gravitation universelle. C'est comme si la terre abattait les murs de sa prison, comme si elle quittait sa trajectoire. Dans « La flamme sédentaire », le poète est plus explicite quand il s'écrie : « Précipitons la rotation des astres et les lésions de l'univers. » Notre globe, il le regarde du point de vue de Sirius, « du pays d'*à côté*, du ciel qui vient d'être englouti » (PL, p. 374). Si le mal l'emportait, cette terre « dominée par le cancer, démembrée par la torture » (PL, p. 267), ne serait plus, un soir, « que la boule d'un cri immense dans la gorge de l'infini écartelé » (PL, p. 633).

Le poète à l'ambition de « devenir un vivant de l'espace » (PL, p. 62), « d'être rendu éparpillé à l'univers pour toujours » (PL, p. 463). Dans *Aromates chasseurs*, ce désir se réalise, et celui qui a si souvent observé les étoiles, dont Jean-Pancrace Nouguier lui avait révélé les noms (PL, p. 1261), est reçu parmi elles. Le héros mythique dans lequel il se reconnaît est Orion, un chasseur gigantesque d'une grande beauté, qui, placé parmi les astres, forma une constellation qui porte son nom, la plus belle de l'hémisphère austral. Orion apparaît pour la première fois dans « Jeu muet », un petit poème de neuf vers, pour désigner une fleur : le dard d'Orion (une sorte de trèfle). Il est sous-entendu dans « L'anneau de la licorne ». Sa légende forme la toile de fond d'*Aromates chasseurs* : tantôt Orion s'évade de la terre (« Evadé d'archipel »), tantôt il y retourne, aveugle (« Réception d'Orion »). Toutes sortes de rapports s'établissent entre lui et les constellations zodiacales. Il renaît aussi bien dans une humble fleur, « miroir du ciel diurne » (PL, p. 515), que dans les derniers Iroquois, qui, n'étant pas sujets au vertige, se sont rendus indispensables aux constructeurs de gratte-ciel et de ponts géants (« Orion iroquois »). Le poème « Vert sur noir » (les couleurs symbolisent la vie) nous présente Char et Orion labourant, côte à côte, le champ de leur expérience. Dans « Eloquence d'Orion », le poète rejoint son sosie au firmament, après avoir élevé une dernière fois sa voix parmi les hommes.

Malgré le côté anecdotique du cycle d'Orion, René Char ne perd pas de vue son message. L'espace qui s'ouvre grâce au chasseur mythique n'est ni « l'espace intime où jouaient notre imagination et nos sentiments » ni « l'espace circulaire » du monde concret, mais celui de la poésie, qui empêche la dégradation des autres (PL, p. 509). La poésie a une vertu salvatrice, elle corrige les lois qui régissent le monde : Orion est un révolutionnaire. Dans « La rive violente », le poète avoue lui avoir prêté la main, dans « Vert sur noir », il prétend l'avoir croisé et le peint sous ses propres traits :

> *Un passant mythique, bien d'ici, nous rencontra : il voulait accroître l'espace des élans, la terre des égards, le murmure des oui, de midi en minuit. Cet homme heurté ne semblait tirer de sa poitrine que des battements exigeants, défaillants.* (PL, p. 526)

Le mythe est une mise en images, tout comme la métaphore, « un passage au concret » (Susan Wise), « une idée portée par un récit » (Albert Thibaudet). Si la fable d'Orion nous séduit, c'est qu'elle ne forme pas écran, et que la réalité sensible transparaît comme dans les autres images. La constellation d'Orion est *à la fois* l'illustration d'une idée (l'élévation du poète au rang des demi-dieux) et un groupe d'étoiles qui se lèvent au sud des Busclats, la maison de Char. Le poète le laisse entrevoir dans le poème « Le crépuscule est vent du large » :

> *Dix heures du soir, le moment d'aller dehors, de lever la tête, de fermer les yeux, d'abattre la sentinelle, de la désigner au nouvel occupant du Trapèze.* (PL, p. 546)

Il y revient dans une lettre :

> *Orion est présent chaque nuit au-dessus des Busclats... Sur les 2 heures du matin, il file chasser ailleurs, rêver ailleurs plutôt*[74].

Orion s'est substitué à Hypnos, le chasseur aveugle a remplacé le dieu du Sommeil. Les deux sont des habitués de la nuit, l'un professionnellement, l'autre par nécessité. Dans le poème « Vert sur noir », le poète prend la relève de ces héros mythiques. Il est aveugle comme eux, mais aussi doué d'une seconde vue. Ces variations sur la mythologie grecque nous rappellent la vie du poète : la clairvoyance dont il fit preuve pendant les années 30, la sensibilité des yeux dont il souffrit à la guerre et au maquis. Quand, en mai 40, il se brûlait les yeux à guetter les avions ennemis, il maudissait le soleil et réclamait la nuit (PL, pp. 1262-1263).

L'éclat des étoiles n'est pas une lueur stable, le ciel bouge comme une eau vivante, les étoiles apparaissent et disparaissent, et leur moire frappe notre imagination comme le passage d'un météore. Dans ses derniers recueils, René Char se sent de plus en plus attiré par le jeu des étoiles, comme si, écœuré des choses de la terre, il voulait retrouver l'espace. On dirait qu'au lieu de s'exprimer « en trait de *terre* » (PL, p. 666), comme il l'a fait jusque-là, il s'exprime en termes de nuit, la « porte sur le toit », dialoguant avec les astres. Le ciel étoilé le confirme dans sa résolution, son destin y est écrit : « nous sommes une étincelle à l'origine inconnue qui incendions toujours plus avant » (PL, p. 524).

Il y a longtemps qu'il caressait l'idée de prendre son congé, de tourner le dos à la terre et à ses habitants insatisfaits. A présent que la conversion de son exil (PL, p. 561) approche, il escompte « les délices d'un départ définitif » (PL, p. 604). Il se voit dans la familiarité des astres, tutoyant la terre (PL, p. 511) et les étoiles. En même temps, il redouble d'efforts pour marquer son passage, pour laisser des traces. Tant au maquis que sur le plan littéraire, René Char ne s'avoue pas vaincu. Il tire prétexte du déclin de l'âge pour faire un dernier pas en avant, creusant sa philosophie et multipliant les images. La fin de la vie l'incite à de nouveaux exploits : « Le crépuscule est vent du large ». Dans le poème qui porte ce titre, il déclare :

> *Le soleil de Ptolémée nous fusille lentement. C'est pourquoi deux éclairs au lieu d'un sont nécessaires si la nuit glisse en nous son signet.*

Comme dans l'autre paragraphe de ce poème, précédemment cité (« Dix heures du soir… »), la métaphore militaire voisine avec le symbolisme du jour et de la nuit.

Dès *Le Marteau sans maître,* le poète voulait s'éclipser derrière ses livres, à la façon de Nietzsche qui écrit :

> *Le lot le plus heureux, l'auteur l'aura tiré qui pourra dire sur ses vieux jours que dans ses écrits continue à vivre tout ce qu'il y avait en lui de pensées et de sentiments porteurs de vie, de force, d'élévation, de lumière, et qu'il ne représente plus lui-même que la cendre grise tandis que le feu en a été sauvé et propagé à tous les horizons*[75]*.*

Cette idée, que René Char partage et sur laquelle il revient à différentes reprises, n'est pas en désaccord avec le mythe d'Orion, puisque ce sont ses travaux qui le font briller au firmament, et non sa personne. Dans ses derniers recueils, le besoin de s'effacer discrètement ne cesse de l'habiter, aussi bien que le désir de se retrouver vivant dans son œuvre, et « doublement vivant si une main ardente ouvre le livre à une page qui sommeillait » (PL, pp. 539-540). Parfois, il se demande s'il n'est pas vain de vouloir éclairer les hommes quand on est soi-même dans la nuit, les yeux embués de larmes. Mais dès qu'une étincelle perce l'ombre, il se ressaisit et « s'empresse autour des fruits tardifs » (ES, p. 7).

10

POÉSIE ET PROVENCE

La Provence apparaît relativement tard dans l'œuvre de René Char, et n'y entre que petit à petit. L'histoire de Lola Abba, la jeune noyée de la Sorgue, aurait pu se passer ailleurs, et Artine est une sœur d'Yvonne de Galais. Les titres de plusieurs recueils remontent à des données locales : *Ralentir travaux*, *Abondance viendra* et *Moulin premier*. Mais l'écriteau qui a suggéré à Breton, Char et Eluard le titre de leur recueil collectif n'est pas spécifiquement provençal, et l'explication donnée dans l'édition de la Pléiade pour *Abondance viendra* (Abondance Viendra étaient le prénom et le nom d'un locataire, toujours insolvable, de la grand-mère de Char) n'ajoute rien au texte. Seul le titre *Moulin premier* permet d'établir un rapport entre le poète et sa ville natale : les moulins premiers étaient les moulins à papier les plus anciens de L'Isle et le symbole de la roue se retrouve dans son œuvre.

Bien que « Le Visage nuptial » ait été écrit à Maubec au pied du Lubéron et que ces vers haletants semblent se profiler sur le ciel aride de la Provence, le poète évite de nommer les lieux. Il faut attendre la débâcle et l'occupation pour que René Char fasse entrer sa terre natale dans ses poèmes. Ce moment coïncide avec le choix d'un vocabulaire plus simple et, dans *Feuillets d'Hypnos*, d'un style moins tourmenté. Il est probable que la guerre et les responsabilités assumées par Char dans l'armée clandestine ne sont pas étrangères à ce développement. Ses fonctions le forcent à des déplacements fréquents, le mettent en contact avec toutes les couches sociales et l'obligent à une clarté et à une rigueur sans faille dans ses décisions comme dans les ordres qui les traduisent. « Entre le monde de la réalité et moi, il n'y a plus aujourd'hui d'épaisseur triste », note-t-il dans les *Feuillets d'Hypnos* (PL, p. 220). Les souvenirs d'enfance et de Résistance affleurent dans *Fureur et mystère* et *Les Matinaux*, et les noms de lieux et de lieux-dits (les Baux, le Thor, Aulan, Lumières, le moulin du Calavon, les gorges d'Oppedette, les Névons, la Renardière) ne sont plus escamotés. Dans les *Feuillets d'Hypnos* et dans *Pauvreté et privilège*, René Char rend hommage à ses compagnons d'armes en les désignant nommément.

Toute la Provence de René Char défile dans *Claire* et dans *Le Soleil des eaux* : nous sommes tantôt à L'Isle-sur-Sorgue (dit Saint-Laurent), tantôt à la Fontaine de Vaucluse, tantôt à Saint-Gens (dit Saint-Voûtil), tantôt au Partage des Eaux ou dans la montagne. Le poète nous montre les pêcheurs, les artisans et les nomades devenus sédentaires, les industriels et les ouvriers, les profiteurs de guerre et les réfractaires.

La Parole en archipel témoigne d'un approfondissement et d'un dépassement de la poésie ébauchée dans le théâtre : approfondissement dans le temps grâce aux poèmes inspirés par Lascaux, par la jeunesse du poète et par la Résistance, dépassement grâce à une ouverture vers le sacré, un sacré « qui se trouve bien dans cette vie » (PL, p. 409). Mais les références au pays natal ne subsistent pas moins. Elles reprennent le dessus dans *Retour amont*, la première section du *Nu perdu*, où le poète s'appuie sur les lieux qui lui sont chers : le Lubéron, la Fontaine de Vaucluse (« Tracé sur le gouffre »), Thouzon, Saint-Pantaléon (« Devancier »), Venasque, Mérindol (« Pause au château cloaque »), les Baronnies, le Beaucet (« Le village vertical »), les bords de la Folie (« Septentrion »), les carrières d'ocre de Villes-sur-Auzon (« Le banc d'ocre ») et le puits de Boujolles au nord de Cabrières-d'Avignon (« Le Nu perdu »). *Retour amont* n'est pas un retour aux sources, bien que le mot « amont » évoque les lieux déshérités du Plateau de Vaucluse. Ce retour au « pays sans biens » (PL, p. 433) est pour Char un dépouillement volontaire, le désir de retrouver l'« insatisfaction nue » (PL, p. 222) de sa jeunesse, un effort qui concerne moins les privations matérielles que la vie intérieure. Et ce n'est pas un hasard si cette ascèse se répercute sur le style. Ce que nous avons noté pour le temps de guerre se répète : le dénuement, fût-il librement consenti, ramène le poète à sa terre natale et à un langage plus simple. *Retour amont* est le plus provençal des recueils de Char, même si les lieux privilégiés ne font pas défaut dans les derniers livres. Les *Chants de la Balandrane* s'ouvrent par sept poèmes qui s'inspirent de la Genestière, un pacage solitaire entre Gordes et Venasque, et de la vue sur le Ventoux qui s'offre au nord de Carpentras (« Verrine »). Dans *Fenêtres dormantes et porte sur le toit*, le poète nous conduit sur le Plateau des Claparèdes entre Saignon et Sivergues, dont les cabanes préhistoriques, ceinturées de murs de pierres sèches, nous transportent à la fois dans la nuit des temps et dans l'univers pictural de Wifredo Lam (« De la sainte famille au Droit à la paresse »).

Il y a aussi bien dans la vie de Char que dans son œuvre un mouvement ascendant qui va de la Provence alluviale à la Provence calcaire, de l'eau vive du Comtat aux pierres sèches du Lubéron. Le territoire qui a servi de support à une partie de son œuvre comprend les bassins de la Sorgue et du Calavon (nommé Coulon dans son cours inférieur), entourés au nord par le Plateau de Vaucluse, le Ventoux et la Montagne de Lure, au sud par le Lubéron : une ellipse, dont les deux foyers sont L'Isle-sur-Sorgue, où le poète est né, et Céreste, où il a trouvé refuge sous l'occupation. Mais il ne suffit pas de faire l'inventaire des lieux et d'en déterminer les contours, il faut voir comment « l'espace intime » est entré en communication avec « l'espace circulaire », comment l'un s'est modelé sur l'autre, et si leur interaction a conduit à la création d'« un troisième espace » (PL, p. 509), l'espace poétique.

Dans *Claire*, le poète fait dire à la rivière : « Cependant, vous montrant ma vie, je découvrirai la vôtre. » (PL, p. 867) Il existe entre Claire et ses riverains une complicité mystérieuse. L'eau est riante, pâteuse ou limpide, selon les drames qui se préparent sur ses rives. Elle en est le miroir, voire le révélateur. La contrée qu'elle arrose en subit l'ascendant. Sous l'occupation, René Char recommande à son ami Francis Curel d'observer les dernières roues de L'Isle et de s'inspirer des eaux sauvages qui les actionnent (PL, pp. 632-633). Dans le poème « La Sorgue », il demande à la rivière de le libérer du bâillon de la raison. Il lui envie son entrain, son pouvoir d'étourdir, son insouciance. L'eau de la rivière en crue le lave de son passé et lui confie son message (« Les Premiers Instants »). Mais la vue de l'eau favorise aussi l'introspection, provoquant d'impitoyables retours sur les événements et sur soi-même (« Tracé sur le gouffre »). Après une promenade à la Fontaine de Vaucluse faite en compagnie d'un ami, le poète écrit : « Dans la plaie chimérique de Vaucluse je vous ai regardé souffrir. » Il s'adresse à son ami que le spectacle de l'eau naissante a plongé dans une rêverie douloureuse et peut-être à soi-même, l'eau lui ayant renvoyé son image.

Le ruisseau qui coule à travers les prés est une réplique du ciel : on dirait que le gravier au fond de l'eau reflète les étoiles (« Recours au ruisseau »). Mais ce ciel, contrairement à celui des dévots, ne trompe pas celui qui s'en remet à lui. « Au lieu de promettre la vie future », il accorde « le pain et l'apaisement de chaque jour » (PL, p. 981). René Char met toutes les ressources du langage en jeu pour faire miroiter les mots, se servant à la fois du sens propre et du sens figuré. Lorsqu'il habitait aux Névons, il conduisait les visiteurs au Partage des Eaux, un lieu de promenade en amont de L'Isle, où la Sorgue se sépare en deux bras et forme une large table argentée. Les reflets de la lumière montraient à ses hôtes mieux qu'il n'eût pu le faire lui-même ce qu'il recherchait en poésie. L'eau scintille, la poésie se moire comme elle, à la fois séduisante et insaisissable. « La poésie est de toutes les eaux claires celle qui s'attarde le moins aux reflets de ses ponts », lisons-nous dans *Le Poème pulvérisé* (PL, p. 267).

L'eau figure dans l'œuvre de Char sous toutes ses formes, non seulement celles qu'elle présente de la source à la mer, mais aussi celles qu'elle adopte à l'état gazeux et à l'état solide, en devenant nuage, givre, neige ou glace. Or, s'il y a des images spécifiquement provençales, ce sont, à part celles de la rivière et du ruisseau, l'image de la source et de la fontaine, qui sont des eaux jaillissantes. Le poète boit aux sources limpides et veille à ce que l'eau ne soit pas détournée de sa terre (PL, p. 638). Il ouvre les vannes de l'imagination, il est sourcier, fontainier, et tire l'eau de son caveau pour nous en offrir à pleins seaux (PL, p. 368). La source est une amie. Dans le berceau d'une source, Char a trouvé une pierre où le mot « Amie » avait été gravé pour en informer les passants (PL, p. 503). Au maquis, les liens avec les sources propices aux interrogations étant rompus (PL, p. 256), il avait l'impression d'errer auprès de margelles sans puits (PL, p. 197). Dans l'« Arrière-histoire du Poème pulvérisé », le poète parle de la symbolique des fontaines. Marthe, une amie d'enfance, lui envoie comme une fontaine l'image de sa propre jeunesse. L'eau bouge, Marthe revit. Le poète pense à elle comme Marthe dans la Bible pense à son frère Lazare ressuscité. Les fontaines telles que celle de Mollans-sur-Ouvèze dans les Baronnies (« Dansons aux Baronnies ») sont des points de ralliement, les habitants viennent y remplir leurs jarres, causer et danser. Quand la fontaine cesse de couler, c'est signe de malheur. Il incombe au poète d'assurer le débit de l'eau qui abreuve et irrigue, de faire reparler les fontaines (PL, p. 379).

Aussi étonnant que cela paraisse, il semble, à première vue, que la terre et les pierres jouent, dans l'œuvre de Char, le même rôle que l'eau. Que le poète contemple les rives de la Sorgue ou les monts du Vaucluse, il y découvre tout d'abord ce qu'il porte en lui, ses sentiments et ses passions. Il se reconnaît dans un « village vertical », dont les maisons et les murs écrêtés et fendus s'étagent sur une colline (PL, pp. 433-434). La montagne et les rochers symbolisent la fermeté, la volonté de faire front. Quand Char, au cours des déplacements auxquels l'oblige son activité clandestine, passe par Forcalquier, il va déjeuner chez les Bardouin, serrer les mains de Marius l'imprimeur et de Figuière : « Ce rocher de braves gens est la citadelle de l'amitié. » (PL, p. 179) Quiconque connaît la ville de Forcalquier et la colline calcaire à laquelle elle est adossée établira immédiatement un rapport entre les amis du poète et leur ville, qui en est l'image. La pensée du poète épouse le relief de la montagne ou s'y oppose, ses sentiments et le paysage s'entremêlent. Cet échange, nous le touchons du doigt dans *Lettera amorosa*, où le poète note que la nature a changé sous l'emprise de la femme aimée (PL, p. 342 : « Je sens que ce pays... »). Char voit dans les ruines des Baux « un porte-pensées sans égal »[76], dans le sommet qu'il escalade en compagnie de la sœur de son ami, une « fin de soi » (PL, p. 314). Le sentiment, note-t-il, « est enfant de la matière ; il est son regard admirablement nuancé » (PL, p. 360).

Il est rare que le poète mentionne les hauts lieux de la Provence : Glanum et Montmajour ne figurent que dans l'avant-dernier recueil, *Les Voisinages de Van Gogh*. Il préfère s'inspirer des environs de L'Isle qu'il explorait enfant, et des lieux de villégiature où son père conduisait les siens aux approches de l'été. Mais son génie s'alimente de moins encore. Le profil d'une montagne, une carrière d'ocre, un mélèze échevelé par le vent, une ferme solitaire, lui suffisent à prendre son élan. Cette ouverture sur la campagne provençale est, comme les autres images du poète, à la fois une vision concrète de « ce pays au ventre de cigale » (VVG) et une métaphore. Le poète approfondit simultanément l'espace circulaire et l'espace intime, et nous en révèle la vérité cachée, la poésie.

Quand l'histoire affleure, il ne s'agit pas d'une évocation nostalgique du passé, mais d'une sorte d'écho qui enrichit les battements du « présent perpétuel » (PL, p. 729), cette roue qui unit l'instant à la durée. Les ruines des Baux sont « douées d'avenir » (PL, p. 258), comme celles du château de Mérindol, qui, depuis le martyre des Vaudois, semble destiné au malheur (« Pause au château cloaque »). La ville d'Aerea dans les monts du Vaucluse, dont on a perdu la trace, a subi notre lot commun : l'exil, les persécutions, la mort (PL, p. 425). Sur la colline de Thouzon, le poète a une vision qui participe à la fois de la géologie, de l'histoire et de ses préoccupations personnelles. Il compare les utopies de notre siècle à la mer qui entourait Thouzon au Crétacé. Lorsque les eaux se retirent, elles mettent au jour les dégâts causés par le prétendu progrès et frappent le poète de stérilité (PL, p. 424). Venasque est le berceau d'une Eglise vindicative (PL, p. 426), Avignon le sépulcre des papes rebelles (PL, p. 678). Dans « Marmonnement », le poète remonte le cours des siècles sur les traces du loup. Chassés, poursuivis, traqués, les loups ont fini par disparaître, mais leur souvenir subsiste. Le poète trouve en eux le secret de ses origines, cet arrière-pays qu'il cherche à atteindre dans sa poésie : « le passé voilé et le présent où affleure une turbulence que survole et féconde une flèche hardie »[77]. La turbulence est l'agitation de l'air qui précède l'orage, la flèche, l'éclair qui met le feu à « la matière-émotion instantanément reine » (PL, p. 62).

Souvent, l'eau et les pierres, la Provence des plaines et celle des monts, voisinent dans le même texte, comme dans ce poème de *Fureur et mystère*, écrit après la guerre, en souvenir du maquis :

> *Cette fumée qui nous portait était sœur du bâton qui dérange la pierre et du nuage qui ouvre le ciel. Elle n'avait pas mépris de nous, nous prenait tels que nous étions, minces ruisseaux nourris de désarroi et d'espérance, avec un verrrou aux mâchoires et une montagne dans le regard.*

A l'instar de l'espoir qui animait les partisans, le poème « dérange la pierre » et « ouvre le ciel ». Bien que la poésie s'inscrive dans un paysage géographiquement situé, le sentiment qu'elle exprime se retrouve dans le monde entier, aucune région n'en a le privilège. Après l'avoir ancrée dans la réalité provençale, le poète l'en détache. La poésie libère l'esprit, René Char y voit une éclaircie. Le poète, son bénéficiaire, rejoint le vent qui balaye les nuages [78]. La poésie, qui naît à la vue du paysage, peut aussi jaillir du vide, comme chez Guillaume de Poitiers qui déclare : « Farai un vers de dreyt nien... » Char, qui rappelle le cynisme du troubadour dans « La dot de Maubergeonne », s'écrie à son tour : « ...j'emplirai de vent ma boîte d'allumettes et le feu jaillira » (PL, p. 831).

Le contraste entre l'enracinement et l'essor, entre le goût du concret et le rêve d'une demeure aérienne, se manifeste dans le poème « Devancier », consacré à l'église romane de Saint-Pantaléon, qui est entourée de tombes creusées dans le roc. Le poète se compare au sculpteur qui a taillé les sarcophages : contrairement à son « devancier », il « creuse dans l'air » sa tombe et son retour. Ses allées s'ouvrent sur le ciel (PL, p. 154), comme celles de l'araignée (PL, p. 165). Etre de vent et de vapeur (PL, p. 230), il rêve que sa maison n'a plus de vitres (PL, p. 254). Dans le poème « Recours au ruisseau », il est en butte aux critiques des maçons, qui pensent qu'une ville doit être bâtie à chaux et à sable. La sienne est écrite sur de l'eau, comme une aquarelle, elle est fragile, et dès qu'il en a esquissé les contours, il l'abandonne. Le poète tend vers l'avenir, « la moitié du corps, le sommet du souffle dans l'inconnu ». Le grand œuvre, « la ville sereine, la ville imperforée », est toujours devant lui (PL, p. 168). « L'aigle est au futur ». (PL, p. 377)

S'il est faux de déclarer, comme l'a fait France Huser, qu'on ne peut parler de Char qu'en Provence [79], on ne doit pas non plus sous-estimer l'influence que le paysage méditerranéen a eue sur son œuvre. Certes, « avec les nombres que les dés lui ont consentis » (PL, p. 661), Char serait aussi devenu poète ailleurs, en Alsace, où il a fait de longs séjours, ou en Engadine, où il s'est rendu sur les traces de Nietzsche. Le poète a mis ses amis en garde contre le régionalisme, et sa poésie est à cent lieues de celle des Félibres. « Epouse et n'épouse pas ta maison », note-t-il dans *Feuillets d'Hypnos* (PL, p. 183), et, dans *Le Nu perdu*, il va jusqu'à déclarer que le pays natal est « un allié diminué » (PL, p. 473). Mais il ne faut pas prêter trop d'importance à cette remarque, faite pour ne pas être assimilé à un groupe, pour conserver son indépendance.

Quoi qu'il en dise, René Char est attaché à son pays, il s'est battu pour lui, il s'est adressé « Aux riverains de la Sorgue », lorsque le premier satellite artificiel a été lancé dans l'espace, il a soutenu la campagne contre l'installation de sites nucléaires sur le Plateau d'Albion. Le poète a souffert de la vente de sa maison familiale à L'Isle et de la construction d'affreuses H.L.M. dans l'ancien parc, il a regretté que les bastides du Plateau de Vaucluse soient abandonnées ou vendues à des étrangers qui en ignorent l'histoire. Les vieilles chapelles sont pillées, les ruines des châteaux servent de lieux d'aisances (« Pause au château cloaque »), les immémoriaux droits de passage sont contestés, les puits comblés. Les plaies de ce pays sont présentes dans l'œuvre de Char, mais aussi ses beautés et surtout la Provence de son enfance. Qu'on relise « Déclarer son nom », « Jouvence des Névons », « L'adolescent souffleté » et d'autres poèmes qui évoquent l'âge tendre, et on entendra bruire les feuilles des roseaux « dont il cajolait la vase et percevait le sec frémissement » (PL, p. 314). Dans le poème « Le Thor », le poète nous emmène sur des routes « de lavande et de vin », dont on croit avaler la « poussière à gosier de ronces » (PL, p. 251).

S'il était né dans les Vosges, René Char aurait été aussi bon observateur qu'en Provence, mais ses images auraient été différentes, étant issues d'un autre cadre. Comme il l'a dit à Paul Badin [80], il utilise les choses qui sont à sa portée. Il fallait avoir grandi à L'Isle, la Venise comtadine, pour faire de l'eau l'interprète de ses pensées, il faut avoir sillonné le Vaucluse, comme il l'a fait en compagnie de Louis Curel, pour comprendre ses images préférées. Les animaux auxquels il prête une valeur symbolique sont ceux qui lui sont familiers : le loup (grâce aux histoires qui circulent à son propos), le renard, le sanglier, la truite, le serpent (l'orvet, la couleuvre, le vipereau), les batraciens, les insectes (l'abeille, le grillon, le papillon, le ver luisant), ainsi que les nombreux oiseaux qui peuplent son jardin et ses poèmes. Sa poésie est fondée sur l'élémentaire, à l'instar de celle de tous les grands poètes universels.

11

LE DIALOGUE AVEC LES PEINTRES ; PICASSO, BRAQUE ET NICOLAS DE STAËL

Le dialogue avec les peintres remonte aux premières publications de René Char : *Les Cloches sur le cœur* (1928) sont illustrées de dessins de Louis Serrière-Renoux, *Arsenal* (1929) est orné d'un frontispice de Francesco Domingo. *Artine* (1930) contient une gravure de Salvador Dali, et *Le Marteau sans maître* (1934) est accompagné d'une pointe sèche de Kandisky. *Dépendance de l'adieu* (1936) paraît avec un dessin de Picasso, et le *Placard pour un chemin des écoliers* (1937) avec cinq pointes sèches de Valentine Hugo.

Après la guerre, René Char reprend la publication de livres illustrés et d'éditions de luxe destinées aux collectionneurs huppés et aux musées. Il réalise ces ouvrages en collaboration avec les peintres les plus célèbres : Matisse, Braque, Nicolas de Staël, Miró, Picasso, Giacometti, Vieira da Silva et d'autres. Ce faisant, il continue la tradition des poètes surréalistes, qui entretenaient de bons rapports avec les peintres, étant collectionneurs, critiques d'art, voire même marchands de tableaux. Peintres et poètes y trouvaient leur compte, les peintres en profitant des réflexions des poètes, et les poètes en faisant vendre leurs textes grâce aux illustrations. Chez René Char cependant, le poète et le peintre ne prennent pas la même part à la composition de l'ouvrage. Tandis que le poète a droit de regard sur les illustrations, son texte, qui n'a pas été écrit en vue d'un livre d'artiste, ne se discute pas. Mais Char, qui est un esprit généreux, donne toute latitude aux peintres, et l'écart entre le texte et les illustrations est souvent énorme. Miró, Picasso et Giacometti ont leur propre iconographie, leurs propres thèmes, de sorte que leurs œuvres présentent peu d'analogies avec celles du poète et qu'il s'agit plutôt d'expériences parallèles.

René Char n'aurait pas pu contracter des liens aussi étroits avec les peintres modernes sans l'aide de Christian et d'Yvonne Zervos, les animateurs des *Cahiers d'Art*. Ayant collaboré à leur revue et fréquenté leur galerie avant la guerre, il entretient avec eux des rapports amicaux jusqu'à leur mort en 1970. C'est à Yvonne Zervos que sont dédiés les manuscrits que le poète a fait enluminer par des peintres et des sculpteurs contemporains. Cette collection, qui a été exposée pour la première fois à la Bibliothèque Nationale en 1980, est unique au monde. Elle marie l'écriture du poète au trait dessiné ou peint des plus grands artistes du XXe siècle.

En confiant ses manuscrits à ses « alliés substantiels », René Char renoue avec la forme la plus ancienne de l'illustration. Il semble qu'il ait découvert la beauté de l'enluminure médiévale grâce à la revue *Verve*, qui a reproduit quelques-uns de ses chefs-d'œuvre, et grâce à la guerre, qui a rendu leur poids aux mots manuscrits. Jean Fouquet, le miniaturiste du XVe siècle, compte parmi les peintres dont l'œuvre lui importe (PL, p. 481). Contrairement aux poèmes des livres illustrés, ceux que Char soumet à ses enlumineurs sont généralement inédits ou viennent de paraître. Il partage donc avec l'artiste la parole encore chaude comme il aime le faire avec ses visiteurs, et l'écriture du peintre complète la sienne.

Les premiers textes de Char consacrés à la peinture sont des poèmes : « Une Italienne de Corot » et « Courbet : *Les Casseurs de cailloux* », qui paraissent en 1938 dans les *Cahiers d'Art*, et « Visage de semence », qui rend hommage à Victor Brauner, un peintre contemporain. L'amitié qui unit René Char aux peintres l'amène ensuite à écrire des textes pour des expositions (présentation des peintres et préfaces aux catalogues) et d'autres essais sur la peinture, qu'il réunit d'abord dans *Art bref* (1946 et 1950), puis dans les éditions successives de *Recherche de la base et du sommet* et dans *Fenêtres dormantes et porte sur le toit* (1979).

Ces écrits sur l'art se distinguent à peine des poèmes en prose. On y retrouve le style imagé de Char et cette espèce de « distorsion » qu'il « impose » aux mots (Georges Mounin), ce décalage qui ralentit la lecture et nous fait voir le monde d'un œil nouveau. Tandis que dans les poèmes, surtout dans ceux de *Retour amont*, l'émotion s'inscrit dans les lignes d'un paysage, le tableau (qu'il représente un paysage, une figure humaine ou un objet) suscite chez celui qui le regarde une émotion. Le poète et le peintre créent chacun son propre espace. Or, pour qu'ils puissent se trouver, pour qu'un échange soit possible, il faut que leurs espaces communiquent, qu'ils se reconnaissent l'un dans l'autre.

C'est le cas chez Van Gogh, auquel le poète s'attache dans son avant-dernier recueil. Jusque-là, il ne l'avait mentionné qu'en passant, sans le compter parmi ses peintres préférés. Mais soudain, il voit en lui un frère d'infortune, se trouvant dans une situation semblable à la sienne, et à proximité des lieux qui l'ont vu souffrir. Leurs regards se rencontrent, la neige fond (et avec elle l'espoir), et la douleur de l'un fait écho à celle de l'autre :

> ... *ma vie serrée entre les barreaux de plusieurs malheurs me traquait dans une nature semblable ! Je la distinguais et en tentais l'échange au fond des yeux de Vincent alors que ces derniers enrichissaient de leur vérité, de leurs fleurs nouvelles, les miens, mes yeux meurtris par la neige fondante non rejouée.* (VVG, texte joint au livre)

Qu'on ne s'attende pas de la part de Char à des analyses critiques. Il n'est pas historien de l'art, et ne s'appesantit ni sur les schémas de composition, ni sur les techniques utilisées. Ses approches sont personnelles, instinctives et très variées. Comme en poésie, il est « pour l'hétérogénéité la plus étendue » (PL, p. 661), au point qu'il lui arrive de donner dans l'anecdote qu'il cherche à éviter ailleurs (PL, p. 188), et de rappeler les circonstances dans lesquelles il a fait la connaissance du peintre ou découvert ses œuvres. Char est le témoin des peintres, il en vérifie les tableaux. Il s'assure qu'ils fonctionnent, comme il le fait pour les poèmes (PL, p. 78). Lorsqu'il se souvient des tableaux de Wifredo Lam en parcourant de nuit le Plateau des Claparèdes, il sent que ces tableaux sont justes, les formes végétales de Lam (son imaginaire) devenant visibles (PL, p. 593). Du même ordre est la rencontre d'une jeune femme nommée Madeleine, qu'il fait après avoir terminé le poème « Madeleine à la veilleuse » (PL, pp. 663-665). Il est confirmé dans ses sentiments, ayant atteint « l'angle où s'épousent intelligence et sensation » (PL, p. 683).

*

Si Picasso collabore à plusieurs livres de Char, c'est surtout grâce à Paul Eluard, qui est l'un de ses meilleurs amis, et grâce à la médiation des Zervos. Picasso semble avoir aimé *Le Marteau sans maître*[81] et les maximes de *Rougeur des Matinaux*, dont il a enluminé le manuscrit. Mais il n'y a pas eu d'intimité entre lui et le poète, tout au plus des liens de solidarité (« Les loups ne se mangent pas entre eux »), comme le dit Jean-Charles Gateau[82]. Une photo publiée dans le numéro de la revue *Liberté* consacré à Char nous montre le peintre et le poète côte à côte, l'un coiffé d'une sorte de casque (ou de casquette), l'autre d'une parure de plumes. Sans doute les gamineries de Picasso n'étaient-elles pas du goût de Char, mais quand il était son invité, il s'y associait.

René Char se prononce à quatre reprises sur la peinture de Picasso. Trois textes figurent dans *Recherche de la base et du sommet*, tandis que le dernier, de loin le plus long, qui servit de préface au catalogue de l'exposition Picasso au Palais des Papes d'Avignon, se trouve dans *Fenêtres dormantes et porte sur le toit*. Deux poèmes (« Anniversaire » et « Le Masque funèbre ») s'inspirent de la vie du peintre sans que celui-ci soit nommé. Il faut avoir connaissance des variantes ou être dans le secret du poète pour s'en rendre compte.

Bien qu'il date de 1939, le premier texte sur Picasso, « Mille planches de salut », contient en germe l'image que le poète se fera du peintre trente ans après. René Char voit en Picasso un éveilleur, qui arrache Paris, « capitale parjure », à sa léthargie, un personnage subversif, dont la violence est le meilleur antidote à la peste nazie : « Face au pouvoir totalitaire, Picasso est le maître-charpentier de mille planches de salut. » (PL, p. 700) Conscient de la montée des périls, René Char ne peut plus séparer l'art (que ce soit la poésie ou la peinture) de la politique. *Placard pour un chemin des écoliers* est dédié aux enfants d'Espagne. A l'anathème que le poète lance contre les bouchers franquistes répondent les menaces du poème « Par la bouche de l'engoulevent », qui paraît dans les *Cahiers d'Art*, accompagné d'un dessin de Picasso.

René Char sait que, s'étant emparé de tous les leviers de commande, le nazisme « se prépare à gouverner en absolu équarrisseur » (PL, p. 700). La France sera sous peu « livrée au râteau fantastique de Hitler » (PL, p. 644). Dans cette situation infernale, il va falloir faire appel à toutes les forces. Picasso lui en donne l'exemple. Dans les deux paragraphes ajoutés en 1969 à « Mille planches de salut », Char le qualifie de « meurtrier admirable ». Chez lui, l'instinct prévaut contre la raison, Picasso cède à l'impulsion de ses désirs. C'est un libertin, un séducteur comme Orion et comme les dieux de l'Olympe. Cette exaltation de l'énergie combative, qui ne connaît ni entraves ni scrupules, nous rappelle les défis du *Marteau sans maître*. C'est aussi le langage du futur résistant, dont la brutalité va s'afficher hardiment (PL, p. 633).

« Picasso sous les vents étésiens » reprend et développe les thèmes de « Mille planches de salut ». Pour sortir la peinture de la routine et lui « assurer son propre lendemain », l'artiste doit « brutaliser tout sacré » (PL, p. 594). « Le monde de l'art n'est pas le monde du pardon », déclare René Char (Pl, p. 1274). L'œuvre de Picasso est « farouchement subversive », « indéfiniment révolutionnaire » (PL, p. 655), comme la vérité poétique des *Matinaux*. Picasso est aux antipodes de la peinture classique bien que Velasquez l'ait aidé à se trouver lui-même et qu'il n'ait cessé d'aimer Poussin. Il s'inspire de l'art rupestre de Lascaux et d'Altamira, de l'art tribal d'Afrique. Char lui prête le pouvoir magique de l'homme de la préhistoire, qui se délivrait, en peignant, de ses peurs et de ses hantises. Le climat de chasse, qui caractérise la poésie de Char, se retrouve chez Picasso. Le peintre guette sa proie, il la débusque, il bondit sur elle, il la harponne comme une baleine. Mais cette proie est en lui, le créateur est aux prises avec son propre mystère (PL, p. 703) et avec celui de son prochain : « ... puisatier à l'intérieur du corps humain, il en saisit les troubles et les pulsations. » (PL, p. 596)

Picasso nous associe à son travail créateur comme René Char, bien que la peinture soit réputée pour son immobilisme. La « brouillonne fertilité » (PL, p. 443) de la poésie se retrouve dans « le sarcasme et la grâce toujours pressée » des tableaux, la dialectique des « puissants termes ennemis » (PL, p. 443) dans « la réalité regardée et rapportée en mouvements discordants ». Picasso se répète aussi peu que Char : « ...les ors de notre monde affectif, cette lingotière, sont [...] continuellement renouvelés. » Le poète exalte la vitalité, le savoir, l'audace et l'ironie provocante du peintre : « Peu d'artistes auront souffert, fait souffrir et jubilé autant que lui. »

Faisant subir à ses modèles la violence de « son épée dessinatrice et coloriste » (PL, p. 700), Picasso risque à son tour de succomber : « Toréador qui met à mort est mis à mort. » Mais c'est justement la proximité de la mort qui porte la vie à son paroxysme. Il en va du taureau de Picasso comme des animaux préférés de Char : la menace qui pèse sur eux leur confère leur titre de noblesse. Le combat que soutient Picasso n'est pas une dispute qui laisse les adversaires irréconciliables. C'est un « combat essentiel », comme dit Heidegger, une lutte qui permet aux deux parties adverses de s'accomplir et de se surpasser. « Si [le sacré] tient tête et fait front, écrit Char, merci à lui. » (PL, p. 594) Le chasseur de Lascaux et le bison qui se sont mesurés meurent réconciliés (« Homme-oiseau et bison mourant »). Ils ont lutté en « loyaux adversaires », le combat leur a permis de découvrir les forces qui sommeillaient en eux. Ils ne se sont pas détruits, ils se sont fécondés (PL, p. 1209). Et l'esprit qui présidait à leur joute survit.

La nouvelle de la mort de Picasso atteint Char pendant qu'il rédige la préface du catalogue de l'exposition d'Avignon. C'est une mésange qui la lui apporte, en heurtant du bec le carreau de sa fenêtre. Dans la croyance populaire, l'oiseau qui frappe à la vitre annonce la mort. Pour Char, le geste de la mésange solliciteuse est une preuve qu'il s'est trouvé, en rendant hommage à Picasso, en communauté de pensées avec lui.

*

Georges Braque étant resté à l'écart du surréalisme, ce n'est qu'après la guerre que le peintre et le poète font connaissance. Mais ils sympathisent d'emblée, et la conversation qu'ils vont nouer et qui se poursuivra jusqu'à la mort de Braque témoigne de leur accord profond. Braque est, avec Picasso et Miró, le peintre sur lequel René Char a le plus écrit ; il est, avec Miró, celui qui a le plus souvent illustré les livres du poète.

Les textes que René Char consacre à Braque s'échelonnent sur près de vingt ans (1947-1964). Ils sont réunis dans *Recherche de la base et du sommet* sous le titre « En vue de Georges Braque ».

Dans son avant-propos, Char compare Braque à un platane et à un serpent : « ...l'écorce tombée est ici immédiatement ressaisie et traitée, la peau légère et vide se remplit du pommelé d'un ovipare nouveau. » (PL, p. 673) Si Picasso est un chasseur qui fond sur sa proie, Braque ressemble au paysan qui assure « la continuité de la création », au « saisonnier » qui s'en remet au cycle cosmique. Ni bonds ni retours spectaculaires, mais une germination lente et la foi en son étoile.

Le dialogue « Sous la verrière » nous montre les rapports que le peintre entretient avec les choses. Ce sont des objets qui sont à la portée de sa main, une chaise, un pichet, un fruit, auxquels il confère une valeur artistique. Mais la métamorphose qu'il leur fait subir ne les écarte pas de la réalité, au contraire ! Tandis que Char contemple la toile qui représente la chaise de jardin sur laquelle il est assis, il sent que les courbures de fer de la chaise lui marquent le dos. L'orange dans son assiette n'est pas là « pour se lisser les flancs » (ou pour être peinte). Braque l'offre à son hôte, qui lui dit que dans son pays les orangers sont en fleurs. Quant au pichet, son « aspect crépusculaire » rappelle au poète les casseurs de cailloux qui reviennent au gîte couverts de poussière, dévorés de soif.

Il en va des objets comme des mots : ils s'accordent, ils se repoussent, ils contractent entre eux des liens mystérieux qui nous les présentent sous un jour insolite. Les objets se mettent à vivre, révélant toutes leurs particularités, leur forme aussi bien que leur couleur, leurs propriétés lumineuses et leur face nocturne. « Ce qui importe, dit Braque dans le dialogue " Sous la verrière ", c'est de fonder un amour nouveau à partir d'êtres et d'objets jusqu'alors indifférents. » Les rapports qui naissent entre les choses sont pour lui ce qu'est l'harmonie des mots pour le poète.

Pour que les objets puissent entrer dans des combinaisons nouvelles, il faut que le peintre leur laisse toute latitude : « La liberté doit se montrer partout. » (PL, p. 675) « Ecrire n'est pas décrire, note Braque dans ses cahiers, peindre n'est pas dépeindre. » [83] Braque ne veut pas copier l'objet, il ne veut pas l'épingler sur la toile comme un papillon. Ce n'est que dépouillées de leur apparition accidentelle, réduites à leur forme profonde, que les choses mettent l'imagination en jeu. « Seules les traces font rêver. » (PL, p. 382)

Dans « Lèvres incorrigibles », Char cède à la tentation de commenter les tableaux de Braque, de traduire en mots « leur relief épais d'émotion », comme il l'a fait pour « Une Italienne » de Corot et « Les Casseurs de cailloux » de Courbet [84]. Ces « légendes » sont d'autant plus étonnantes qu'il n'aime pas que l'on explique ses propres œuvres, disant qu'un poème n'a d'autre raison que d'*être* (PL, p. 729). Il s'en excuse auprès de Braque, comme pris en flagrant délit : « Pardon de mon échec. » Mais il ne s'agit pas d'explications, pas plus que dans les poèmes consacrés aux tableaux de Corot et de Courbet. Ce sont des phrases qui se sont imposées à lui quand il a vu les tableaux, des réflexions qu'il a faites.

Le commentaire le plus étendu se rapporte aux sujets mythologiques, des œuvres d'inspiration méditerranéenne qui renouent avec l'art des céramistes grecs. La glose de Char consiste en une seule phrase, dont la courbe se règle sur les entrelacs que lie et délie le dessin de Braque, et nous ouvre comme le vol des mouettes l'espace illimité de la mer et du temps :

> *Ces divinités hâlées, ces jeunes puissances, aux jambes couleur de pulpe de roseau, à l'aise dans les plis d'une étoffe de pourpre à peine nouée aux hanches, voici que la promesse d'une source à midi les fait s'animer, se lever et partir devant nous, une à une, en cortège, comme des mouettes au-dessus de la mer façonneuse du temps.* (PL, p. 678)

Lorsque Braque peignait à Sorgues en 1912, il lui arrivait de porter ses toiles dans un champ pour voir quel effet elles faisaient parmi les cailloux et l'herbe. Trente-cinq ans après, elles affrontent les murs nus du palais des Papes. René Char constate qu'elles sortent victorieuses de l'épreuve, que la vie acquiesce à leur secret (PL, p. 679).

Le peintre tient à la fois de l'aigle et du roitelet (PL, p. 679). Il s'élève haut dans le ciel tout en se sachant vulnérable. Il avance par à-coups, procède par contrastes. Dans ses carnets, les visages sont souvent vus de profil et de face, composés d'une moitié plus foncée et d'une autre plus claire.

Cette démarche se retrouve dans les aphorismes de Braque, qui ont paru sous le titre charrien : *Le Jour et la nuit*[85]. Bien que la plupart de ces réflexions remontent à une époque où Braque et René Char ne se connaissaient pas encore, on dirait qu'elles ont été écrites en commun. « Il faut toujours avoir deux idées, dit Braque, l'une pour détruire l'autre. » Pour Char, le poète est « la genèse d'un être qui projette et d'un être qui retient » (PL, p. 166), le poème naissant « de l'appel du devenir et de l'angoisse de la rétention » (PL, p. 247). Quand Braque déclare que l'Art est fait pour troubler, Char l'approuve : « Nous sommes des passants *appliqués* à passer, donc à jeter le trouble... » (PL, p. 334) A la « loi de rivière » de Char, selon laquelle les bords érodés des cours d'eau finissent par être comblés par les alluvions (PL, p. 453), correspond la « loi des compensations » de Braque : « à toute acquisition répond une perte équivalente ». Les deux exaltent l'instant, « le présent perpétuel, en forme de roue comme le soleil » (PL, p. 729), le « présent crénelé » (Pl, p. 181), qui réunit les contraires. Les deux se méfient des idées, tout en admettant que « l'intuition raisonne et dicte des ordres » (PL, p. 64). Pour les deux, le chemin compte plus que la chose : « la mise en œuvre a toujours le pas sur les résultats escomptés » (Braque). L'expérience de Char confirme ce que dit Braque : « Avec l'âge, l'art et la vie ne font qu'un. »

Les éditions de grand luxe qu'ils ont préparées ensemble ont cimenté l'amitié de Char et de Braque. Mais il existe d'autres témoignages de leur bonne entente, tels que la gouache préparatoire du tableau « La Charrue », que Braque a donnée au poète [86]. Dans sa dédicace, Braque se réfère au poème « L'Avenir non prédit », pour lequel il avait une prédilection. Après avoir reçu le dessin, Char a recopié le poème sur le haut de la feuille. Les hôtes des Busclats se rappellent avoir vu la gouache sur le chambranle de la cheminée. Dans le jardin, il y avait une autre charrue, une véritable. Etait-ce celle qui avait inspiré Braque ?

René Char a toujours veillé avec le plus grand soin à la typographie de ses œuvres. Les corrections qu'il a faites aux épreuves de *Cinq poésies en hommage à Georges Braque* (1958) sont à cet égard révélatrices. Sur ces épreuves, qui ont été montrées à l'Exposition René Char du Musée d'Art moderne (1971), le poète a écrit : « Dans chaque poème le 2e vers et les suivants s'alignent sur le 1er vers. *S.V.P. pas de fantaisie.* Le poème est un bloc, un tout aligné et aéré. Suivre *exactement* mes indications. Voir manuscrit. Mise en page à refaire. Ne la raffinez pas surtout ! Peu importe le coup d'œil général. Le poème n'est pas du chewing-gum. »

*

Dans *Recherche de la base et du sommet,* il n'y a que trois textes sur Nicolas de Staël. Mais Char a dédié à Staël les poèmes « Vermillon » (1954) et « Libera II » (1979), et il s'est souvenu de lui dans *Aromates chasseurs* et *Eloge d'une Soupçonnée*. Quand on complète ces textes par les lettres qu'ils ont échangées, on peut se faire une idée précise des rapports qu'ils ont entretenus.

René Char et Nicolas de Staël se rencontrent en 1951 grâce à Georges Duthuit, qui vient de publier dans les *Cahiers d'Art* un article sur Staël et sait que celui-ci aimerait illustrer les poèmes de Char [87]. Dès les premiers contacts, ils découvrent qu'ils sont faits pour se comprendre. Les deux sont des caractères entiers, à la fois larges d'idées et chatouilleux, cultivés et sauvages. L'art est pour eux un combat sans merci (PL, p. 81), où l'on joue sa peau. Dévorés par une soif d'absolu, décidés d'aller jusqu'au bout d'eux-mêmes, ils se sont engagés dans leur œuvre à corps perdu.

Leurs relations sont empreintes d'une franche camaraderie, comme s'ils appartenaient à la même équipe de rugby. Nicolas de Staël admire la performance de Char. « ...cet homme est fait de dynamite dont les explosions seraient hâlées de douceur calme, écrit-il à Jacques Dubourg [88]. Tous les pontes lui cavalent au froc sans retenue, Braque seul a de la discrétion. Il fait traîner Matisse qui lui envoie soixante aquarelles qui ne lui plaisent pas, choisit dans une liasse de plus de deux cents dessins de Miró et ainsi de suite. »

Né à Saint-Pétersbourg, page de l'empereur Nicolas II à l'âge de deux ans, Staël est venu d'un autre monde. Pour Char, il est l'enfant de l'étoile polaire (PL, p. 514), dont Orion s'est épris sur son parcours. Dans l'exergue du poème « Libera II », il compare leur amitié à celle d'Achille et de Patrocle. Achille, le poète, s'extasie sur les sons qu'il tire de sa lyre, tandis que Patrocle, le peintre, l'écoute silencieux (PL, p. 1264).

Le livre qu'ils envisagent de faire ensemble va se composer de douze pièces tirées du *Poème pulvérisé,* de quatorze bois en noir et d'une lithographie en couleurs. Nicolas de Staël s'attelle à ce travail, qui est nouveau pour lui, avec sa fougue habituelle. Il lui consacre les mois d'été, conseillé discrètement par René Char. Lorsque l'ouvrage paraît, ses auteurs l'exposent à la galerie Jacques Dubourg. Le 12 décembre 1951, tous les écrivains à la mode, Camus, Michel Leiris, Bataille, assistent au vernissage. Dans le texte de présentation, René Char rappelle un fait divers qui vient de défrayer la chronique et laisse entrevoir un nouveau projet. Staël est fier de son premier livre illustré et brûle d'en publier d'autres [89].

« Bois de Staël » est la première étude que Char consacre à la peinture de Staël. Les gravures sur bois évoquent pour lui les empreintes de l'Homme des Neiges que des explorateurs ont découvertes dans l'Himalaya. Staël a réduit la peinture aux formes les plus élémentaires, comme Char l'a fait pour la poésie dans ses premiers recueils. Mais ses traces font rêver, et, en proposant une lecture figurative des gravures, Char anticipe sur le tour que va prendre la peinture de Staël.

Notons que Char parle d'*« un couple* d'êtres », de « *deux* passants des cimes », et non pas d'un seul. Il se reconnaît donc avec son ami dans les habitants présumés de la plus haute montagne du monde. On dirait que leur taille même les a prédestinés à être des hommes hors du commun (Staël était un géant, comme Char). Tous les deux sont des solitaires, qui vivent, comme la Vénus himalayenne, « en exil à la fois dans le ciel et sur la terre » (PL, p. 1101).

Le texte sur Staël est le point de départ d'une nouvelle entreprise dans laquelle le poète et le peintre s'engagent : la création d'un ballet dont Char écrit l'argument et pour lequel Staël fait de nombreuses études de décors et de costumes. Mais le rêve de voir *L'Abominable des neiges* mis en scène s'évanouit faute de compositeur. Dallapiccola, Stravinski et Messiaen auxquels Nicolas de Staël fait appel se récusent, et les deux amis finissent par abandonner le projet.

En 1953, *Entregas de la Licorne,* une revue de Montevideo, où Staël a exposé en 1948, publie un texte de René Char intitulé « Nicolas de Staël ». Bien qu'il s'agisse d'un poème, il a été inséré dans *Recherche de la base et du sommet,* entre « Bois de Staël » et « Il nous a dotés... », autre hommage à Staël. Tandis que Staël s'éloigne de la réalité tangible, Char nous y ramène : les pavés des tableaux redeviennent rochers, les couleurs, l'aven où l'ouvrage s'élabore, et les toiles, des chemises qui claquent au vent. Tout un univers de grand air sous-tend les toiles. Mais ni le peintre, ni le poète ne peignent ce qu'ils voient. Ils cherchent à rendre l'émotion qu'ils ont éprouvée, le choc qu'ils ont reçu.

Bien qu'il soit resté toute sa vie brouillé avec l'orthographe, Nicolas de Staël est un brillant épistolier, dont les phrases épousent le rythme haletant de sa peinture. Les formules qu'il trouve pour caractériser Char nous frappent par leur originalité et leur justesse. C'est ainsi qu'il écrit à sa femme que son ami est « aussi clair dans ses bons moments que les épitaphes des monuments grecs »[90]. La peinture est pour lui ce qu'est la poésie pour Char :

> *Toute ma vie j'ai eu besoin de penser peinture, de voir des tableaux, de faire de la peinture pour m'aider à vivre, me libérer de toutes les impressions, toutes les sensations, toutes les inquiétudes auxquelles je n'ai jamais trouvé d'autres issues que la peinture*[91].

Malgré sa violence, sa peinture est « fragile comme l'amour »[92]. Elle vit des contrastes qui l'habitent, des forces antagoniques qui se tiennent en équilibre, du « bond qu'[il] arrive à mettre sur la toile »[93].

Parfois, la verve de Staël se rapproche à ce point de la poésie de Char que l'on dirait que l'un parle par la bouche de l'autre. C'est le cas dans la lettre à Jacques Dubourg du 6 novembre 1954, où il fait l'éloge de Courbet[94] :

> *...il descend à jet continu des tableaux uniques, avec la même sûreté qu'un fleuve qui coule vers la mer dense, radiant à larges sonorités et toujours sobre.*

Les idées que le peintre exprime sur la technique picturale valent aussi pour la poésie :

> *...c'est le temps qui pousse les tableaux, je peins comme je peux et j'essaie chaque fois d'ajouter quelque chose en enlevant ce qui m'encombre*[95].

Les lettres que Char a écrites à Staël n'ont pas été publiées intégralement. Mais les poèmes « Vermillon » et « Libera II » nous montrent que le poète était dans la confidence du peintre et connaissait la passion qui le minait. « Un Staël ne se tue pas à cause d'un amour trop exigeant, d'un caprice démesuré, ni par doute sur les voies de la peinture », écrit André Chastel dans la préface aux lettres. Il n'empêche que Nicolas de Staël était épuisé par son travail, et qu'un amour malheureux semble l'avoir poussé à bout.

Le poème « Vermillon » parut du vivant de Staël[96]. Si certaines allusions ne sont intelligibles qu'aux initiés, c'est que le poète était tenu à la plus grande discrétion par égard à la famille du peintre. Pour conseiller celui-ci (le poème porte le sous-titre : *Réponse à un peintre*), le poète cherche à s'élever au-dessus des petitesses de la vie privée et à prendre du recul.

C'est à Agrigente en Sicile que Staël a rencontré la femme qu'il aime. Qu'elle fasse un bout de chemin avec lui, qu'elle le hèle à l'orée du bois (sans doute dans l'imagination de Char celui qui domine le château de Ménerbes) ou qu'elle le guette depuis sa fenêtre, elle est pour lui une source de jeunesse. Mais elle est l'épouse d'un mari jaloux, une « fusée inaperçue », et le peintre désespère de pouvoir la « tirer de son caveau mesquin ».

Dans l'admirable lettre qu'il adresse à Char le 9 novembre 1953, Staël se plaint des complots qui s'ourdissent autour de lui pour l'éloigner de « ce visage de Sicile ». Il est isolé, « dans un carcan d'acier ». Le poème « Vermillon » nous le montre « Dans le fer de [ses] murs », tandis que « La tempête et la nuit font chanter » à ses oreilles « le galet d'Agrigente ». Ses amis furent à ce moment ses seuls soutiens. Le peintre le dit à Char : « ...il y a cela de vraiment merveilleux entre nous c'est qu'on peut se donner tout ce qui est possible et impossible sans limite parce qu'on ne voit pas la fin de nos possibilités... » [97]

Le vermillon était la couleur préférée de Staël. Il domine dans les tableaux des dernières années, notamment dans ses étonnants paysages siciliens, dont les ciels écarlates témoignent de la fièvre qui le consume.

12

LE MYSTÈRE PARTAGÉ

Dès ses premiers écrits, René Char se trouve aux prises avec l'inconnu et cherche à s'en rendre maître. L'inconnu, l'inexprimable, l'impossible, sont pour lui des vérités inaccessibles par la connaissance rationnelle du monde, des lumières qui s'éclipsent à mesure que l'intuition cède le pas à l'intelligence logique et que la pensée conceptuelle l'emporte sur l'imagination. Le poète est un « Savant » comme nous le dit Rimbaud. Mais si les deux poursuivent le même but, celui d'élargir le cercle de nos connaissances, leur démarche n'est pas la même. Tandis que les chercheurs font des déductions systématiques, le poète agit par illuminations, au risque de sombrer dans la nuit.

Le savant observe les phénomènes, en agissant sur la matière dont il analyse les propriétés. Ses objectifs sont limités. Le poète vise plus haut. Sa quête est d'ordre métaphysique, c'est une incursion dans un domaine interdit. Il est « voleur de feu » comme Prométhée et s'expose comme lui au courroux des dieux. Son action est sacrilège. Mais en secouant le joug divin, le poète contribue à l'affranchissement de l'homme. Il est un « donneur de liberté » (PL, p. 733). Char lance un défi aux dieux (ou à Dieu), allant jusqu'à s'identifier à eux et à se mettre à leur place. Il leur parle sur un ton hautain, comme un guerrier qui somme l'adversaire de sortir de ses retranchements.

> *Nous ne jalousons pas les dieux, nous ne les servons pas, ne les craignons pas, mais au péril de notre vie nous attestons leur existence multiple, et nous nous émouvons d'être de leur élevage aventureux lorsque cesse leur souvenir.* (PL, p. 427)

L'inconnu est ce qui est devant nous, ce qui tient notre curiosité en éveil, mais aussi ce qui est en nous, « l'aromate de [notre] monde profond » (PL, p. 528), notre mystère. Le pouvoir du poète étant celui de la parole, l'inconnu est surtout l'inexprimable, ce qui ne peut être dit sans faire violence à la langue. Contrairement au chimiste, l'alchimiste qu'est le poète n'est pas toujours maître de ses moyens : « J'entre : j'éprouve ou non la grâce. » (PL, p. 133) Il arrive qu'il soit privé de la faculté de s'exprimer, qu'il soit acculé au silence comme Rimbaud. Il se collette alors avec la langue et redouble de fureur pour recouvrer la parole et retenir la présence de l'insoumettable.

Quand Char parle de l'impossible, il se rapporte d'abord à la gageure faite par les résistants de purger le pays de l'envahisseur allemand avec des moyens de fortune (PL, p. 648). Les *Feuillets d'Hypnos* nous montrent cependant que l'impossible est aussi l'inexprimable, que Char doit savoir manier à la fois ses hommes et les mots, et que l'adhésion des uns dépend de la force de persuasion des autres. Le poète réussit à faire des mots un outil qui dépasse leur nature verbale, une vérité en marche, comme il l'a dit en 1946 à la Radiodiffusion française :

> *Des mots échangés tout bas au lendemain de 1940 s'enfouissaient dans la terre patiente et fertile de la révolte contre l'oppresseur et devenaient progressivement des hommes debout...* (PL, p. 650)

Dans *L'Abominable des neiges,* Hermez ramène l'impossible sur la terre et le paye de sa vie, tandis que ses compagnons, qui n'ont qu'un objet matériel limité, restent indemnes. L'impossible est pour Char ce qui est hors de notre atteinte, mais qui nous sert de lanterne (PL, p. 766). C'est le mystère dont nous cherchons à nous approcher (« Pour renouer »), l'inconnu que nous sollicitons, « mais dont nous n'entendons pas, ou feignons de ne pas entendre, le commandement » (PL, p. 756). Dans *L'Abominable des neiges,* ce mystère s'incarne dans Vénus, la déesse de la beauté, qui hante la mémoire des humains. Elle vivait jadis parmi eux, elle s'est exilée. Le poète, « seigneur de l'impossible » (PL, p. 254), l'arrache à sa solitude et rétablit ses prérogatives.

« L'inconnu », « l'indicible » et « l'inaccessible » sont des termes interchangeables qu'il vaut mieux ne pas serrer de trop près. Le poète leur laisse du jeu pour que notre imagination reste mobile, il veut que nous demeurions « dans l'orbite des famines » (PL,

p. 409), que le désir de pénétrer le mystère ne fléchisse pas. Ce n'est pas que le secret dont le poète pressent l'existence nous soit inaccessible, puisqu'il en retrouve les traces. Mais il ne se montre que par intermittences, et la tâche du poète est moins de le dévoiler, que de le faire vivre en tant que secret, de sauvegarder l'énigme.

La vérité que le poète entrevoit, cet au-delà des choses dont nous ne nous faisons qu'une idée approximative, est aussi leur poésie. Le mot désigne donc tantôt un art du langage (ou le produit de cet art), tantôt la lumière mentale que cet art répand. Et pour nous rendre la poésie plus familière, Char lui prête les qualités d'un être vivant, la poésie devient sœur, mère, amante, femme énigmatique et capricieuse, que le poète poursuit d'autant plus ardemment qu'elle ne lui accorde que de rares rendez-vous.

Il lui adresse des paroles « chaudes et violentes » (*A une sérénité crispée,* PL, p. 749), il l'embrasse (« Partage formel », PL, p. 163) ou lui jette le gant (*En trente-trois morceaux,* PL, p. 780). Comme le poète et la poésie n'abdiquent pas leur personnalité, ils se heurtent et mènent l'un contre l'autre « une guérilla sans reproche » (PL, p. 343) :

> *Nous voici de nouveau seuls en tête à tête, ô poésie. Ton retour signifie que je dois encore une fois me mesurer avec toi, avec ta juvénile hostilité, avec ta tranquille soif d'espace, et tenir tout prêt pour ta joie cet inconnu équilibrant dont je dispose* (PL, p. 780).

Si la poésie ne se livre pas à tout venant, il en va de même du poète. Son œuvre est « non vulgarisable » (PL, p. 496), il ne tolère pas que ses poèmes soient profanés. La poésie est un mystère dont on ne peut forcer les portes. Le poète veut que nous le respections, allant jusqu'à multiplier les obstacles pour nous empêcher de brûler les étapes. Car il sait que « l'aurore de la conscience » s'avance « sur les crêtes de notre amertume » (PL, p. 129), que seul ce qui coûte aux hommes se maintiendra dans leurs tissus :

> *Surtout ne pas entièrement leur supprimer ces sentiers pénibles, à l'effort desquels succède l'évidence de la vérité à travers pleurs et fruits.* (PL, p. 207)

La parole s'enrichit à mesure qu'elle nous résiste, au point qu'une parole « dépourvue de sens annonce toujours un bouleversement prochain » (PL, p. 472). Le poète ne veut pas nous en faciliter l'accès. « Supprimer l'éloignement tue. » (PL, p. 767) Il préfère rester en deçà de sa pensée, sachant qu'un mot de trop peut rompre le charme :

> *Il est des cas limites où la délivrance de la vérité doit rester secrète, où nous devons souffrir pour la garder telle, où la nommer c'est déloger la clef de voûte pour précipiter au sol tout l'édifice.* (PL, p. 540)

Mais cette concision a ses limites. Char l'admet dans le poème « Pour renouer » :

> *Si ce que je te montre et ce que je te donne te semblent moindres que ce que je cache, ma balance est pauvre, ma glane est sans vertu.* (PL, p. 370)

La nécessité de « conserver les maîtresses ombres » (PL, p. 744) s'explique à la fois par la nature secrète de la poésie et par le caractère du poète. D'une cordialité toute méridionale, René Char brûle de communiquer avec autrui, de s'épancher et de s'affirmer par ses dires. Mais en même temps, il craint de se livrer, et pour garder sa liberté, pour qu'on n'ait pas barre sur lui, il se préserve comme la seiche qui se cache à l'intérieur de son jet d'encre.

Char en veut à ceux qui cherchent à expliquer ses poèmes au lieu de se contenter d'en subir l'envoûtement, et il reproche aux critiques de « réduire à une signification » « un phénomène qui n'a d'autre raison que d'*être* » (PL, p. 729). Toute exégèse falsifie le texte. En traduisant le poème en prose, nous le privons de ce qui le rend unique, de cette alchimie du verbe, « par laquelle s'assemblent dans la phrase des termes incompatibles selon les normes usuelles du langage »[98]. Les significations emboîtées les unes dans les autres, le jeu des forces contraires, disparaissent dans une transcription univoque. Elle n'est qu'un pis-aller qu'il faut oublier en relisant le poème, une béquille pour ceux qui ne savent pas dépasser l'univers conceptuel.

Il n'empêche que certaines indications sont utiles, et que Char lui-même l'admet puisqu'il nous fournit dans ses œuvres complètes la clef de plusieurs poèmes. Les circonstances dans lesquelles les textes ont été écrits sont d'autant moins négligeables que René Char a le goût du concret, et que chaque mot remonte à une expérience individuelle. En nous mettant à la place du poète, en nous rapportant à sa vie et à la nôtre, nous décodons plus facilement son message.

S'il se méfie des critiques, René Char se souhaite des compagnons de route qui le suivent sur le chemin qu'il propose, des lecteurs avec lesquels il puisse partager son mystère. Il sait que le poète n'a pas l'exclusivité de la poésie, qu'elle est un sentiment infus dans le monde, qui se retrouve dans le dialogue des gens simples restés attachés à la terre (PL, p. 1056). Les trésors qu'il a perdus en les confiant à la page blanche, il les redécouvre quand « une main ardente » (PL, p. 540) ouvre son livre. Bien qu'il se serve des « provisions hasardeuses du langage » (PL, p. 85), il faut que son message soit pris à la lettre, chaque mot étant d'abord utilisé dans son sens premier. Mais les mots ne se mettent à vivre (à scintiller) que si nous en sentons l'épaisseur sémantique, cette sorte de « décor » qui « se creuse » autour d'eux (PL, p. 829). Ce sont « des présences qui sont toujours entre nuit et soleil sur paroles », comme l'a écrit le poète dans une dédicace [99].

La poésie crée un espace, il faut s'y glisser, patienter ; s'imprégner des poèmes, vivre avec eux, se les répéter jour après jour pour en comprendre le sens intime, comme l'a fait Nadejda Mandelstam des poèmes de son mari [100]. René Char s'est prononcé dans une lettre sur l'art d'assimiler (ou d'interpréter) un texte. Ce témoignage est d'autant plus précieux qu'il a rarement été aussi explicite :

> *La poésie [...] ne souffre pas « la traduction » et difficilement l'explication. La réserve et le pas à pas seuls nous délivrent son sens pur par les sentiers de l'être, de l'originel et des multiples précautions à travers les ravins concrets que les mots dessinent [...]* [101]

Le poème est un miroir qui capte l'éclat de la poésie, le reflet d'une vérité qui passe notre intelligence. Mais cette source de lumière qu'il cherche à canaliser, est-elle aussi inexplicable que celle de la Fontaine de Vaucluse ? Si le miroir à alouettes est un leurre, le soleil qui le fait briller n'en existe pas moins. Qu'en est-il de la poésie, de « cette vraie vie » dont nous ne disposons qu'« en de brefs éclairs qui ressemblent à des orgasmes » (PL, p. 730) ?

Le poète n'aborde cette question qu'avec prudence, et, plus que jamais, « la réserve et le pas à pas » s'imposent. L'impossible dont

Hermez entreprend la conquête ne semble être qu'un leurre (PL, p. 1103), et dans le poème « Hôte et possédant », la poésie est comparée à un appelant, un oiseau qui sert d'appeau. Dans son dernier recueil, Char fait l'éloge d'« une Soupçonnée », dont « l'employeur en titre » lui reste inconnu (ES, p. 7). Mais il plaide en sa faveur, et c'est « la fantaisie de ses soleils » (PL, p. 173), qu'il a défendue les armes à la main, qui rend la vie vivable :

> *Otez le souffle d'œuvre, sa dynastie inconcevable ; renvoyez les arts libéraux, qu'ils cessent de tout réfléchir, c'est le charnier.* (PL, p. 767)

La quête à laquelle nous invitent les poèmes de Char n'est qu'une réplique de la chasse que se livrent le poète et la poésie. Mais cette chasse n'est peut-être qu'un combat du poète avec lui-même, un défi qu'il lance à sa puissance créatrice pour la stimuler et dominer l'absurde. La poésie, cet au-delà vers lequel il tend, ne serait alors qu'une projection de son esprit, une création de son désir, et le refus de se soumettre à un destin aveugle. Dans le poème « Tous partis ! », Char distingue entre deux réalités, la plus coûteuse, qui nous éclaire, et celle qui nous entraîne vers la mort. La première (la poésie) a sur la seconde l'avantage d'être fiable tout en mentant. L'art du poète consiste à faire d'une chose dont nous n'avons nulle certitude une réalité vivante :

> *La poésie domine l'absurde. Elle est l'absurde surprême : la cruche élevée à hauteur de la bouche amoureuse emplissant celle-ci de désir et de soif, de distance et d'abandon. Elle est l'inconstance dans la fidélité. Elle envoisine l'isolé.* (PL, p. 608)

L'isolé, c'est le poète, « l'exclu et le comblé » (Pl, p. 145), qui, pour ne pas perdre ses prérogatives, doit s'affirmer sans relâche. Etant poète grâce à la « force d'*ascension* » (PL, p. 214) qui l'habite, il risque de retomber dans le néant dès que le désir fléchit. Vers la fin de sa vie, Char fait un effort désespéré pour ne pas lâcher prise. Bien qu'il ait souvent éprouvé le besoin de rompre et qu'il ait déclaré à ses amis qu'il ne composerait plus de poèmes, Char ne cesse d'écrire, désireux de faire revivre les exploits du passé et de prouver qu'il reste égal à lui-même. Les recueils se multiplient dans les dernières années, et, même après la publication des œuvres complètes, le chant reprend. Dans ces « fruits tardifs » (ES,

p. 7), l'écriture du poète est intacte. Malgré la proximité de la mort, il reste obsédé par la moisson (PL, p. 754) :

> *Vite, il faut semer, vite, il faut greffer, tel le réclame cette grande Bringue, la Nature ; écœuré, même harassé, il me faut semer ; le front souffrant, strié, comme un tableau noir d'école communale.* (ES, p. 8)

La grandeur de Char réside, comme celle des martyrs, « dans le départ qui oblige » (PL, p. 230). Sa voix est toujours ferme, la morale qu'il prodigue celle d'un homme debout, car il sait que, tout en souffrant, il ne cesse de se ramifier. Si c'est la révolte ouverte qui permit au résistant de se surpasser, c'est la peine qu'il endure qui favorise la moisson (l'épiage) du poète vieillissant (ES, p. 11). Les maux qu'il souffre sont la rançon qu'il paye pour « le feu d'un mot inaltérable » (PL, p. 449). Dans *La Parole en archipel*, le poète compare la vie à une page blanche. La seule signature au bas de cette page, c'est la poésie qui l'appose : « Et toujours entre notre cœur éclaté et la cascade apparue. » (PL, p. 411) Quand Char déclare dans l'*Eloge d'une Soupçonnée* que « l'art est fait d'oppression, de tragédie, criblées discontinûment par l'irruption d'une joie qui inonde son site » (ES, p. 10), il tire la leçon de sa vie. Il ne nie pas le destin tragique de l'homme, mais il lui oppose les ressources de la poésie et « le bonheur qui tombe comme la foudre d'un ciel qu'on croyait sans surprise » (PL, p. 900).

A l'instar du poète qui ne peut disposer à discrétion de l'inspiration, le lecteur ne sera pas toujours sensible aux poèmes. Le courant passe ou ne passe pas. On a beau lui expliquer les circonstances dans lesquelles un texte a été écrit, recourir à la critique thématique ou analyser les figures, s'il manque de dispositions, ce sera peine perdue. Certains se contentent de l'ordre rationnel et n'éprouvent pas le besoin de mettre le visible en rapport avec l'invisible. Mais pour peu que quelqu'un désire s'initier à cette forme particulière de connaissance qu'est la poésie, il peut s'y préparer comme le poète qui sait profiter de « la nuit noueuse qui précède et suit l'éclair » (PL, p. 431). René Char ne manquera pas de l'y aider. Comme sa poésie est née d'un besoin impérieux de communiquer avec autrui, il glisse souvent dans ses poèmes des éléments qui permettent d'en appréhender le sens. Il faut le suivre dans les méandres de sa quête, de la source au delta. René Char prétend marcher dans la nuit sans plan cadastral, et s'en remettre aux éclairs. En lui emboîtant le pas, nous finirons par nous orienter et par entrevoir les contours de son paysage.

NOTES

1

1. Voir Georges Mounin, « La notion de situation en linguistique et la poésie », dans *La Communication poétique.*
2. Char à Crevel, lettre du 19 mai 1935, citée par Jean-Claude Mathieu dans *La Poésie de René Char,* I, p. 277.
3. Lettre de Marie-Claude Char à Jean Voellmy, 2 mars 1989.
4. André Breton, *Les Pas perdus.* Paris, Gallimard, Idées, 1924, p. 66.
5. Variante citée par Jean-Claude Mathieu dans *La Poésie de René Char,* II, p. 292.
6. Jean-Claude Mathieu, *La Poésie de René Char,* I, p. 139.
7. Dans *Sud, René Char,* Actes du colloque international de l'Université de Tours, p. 202.
8. *Le Surréalisme au service de la révolution* 1, p. 23.
9. Variante citée par Jean-Claude Mathieu dans *La Poésie de René Char,* I, p. 139.
10. Paul Eluard, *Œuvres complètes,* I. Paris, Gallimard, Pléiade, 1968, p. 316.
11. *Le Surréalisme au service de la révolution* 1, p. 23.
12. André Breton, René Char, Paul Eluard, *Ralentir travaux.* Paris, José Corti, 1930.
13. André Breton, *Manifestes du surréalisme.* Paris, Jean-Jacques Pauvert, 1972, p. 138.
14. Paul Eluard, *Lettres à Gala.* Paris, Gallimard, 1984, pp. 96-97.
15. Voir Jean-Claude Mathieu, *La Poésie de René Char,* I, p. 185.
16. Voir Anne Reinbold, « Ce fleuve mal aperçu... », dans *L'Herne,* n° 15.
17. Voir Jean-Claude Mathieu, *La Poésie de René Char,* I, p. 222, note 3.

2

18. René Char, « Arrière-histoire du Poème pulvérisé ». Dans *La N.N.R.F.,* n° 6. Paris, juin 1953, pp. 991-992.
19. Lettre de Char à Eluard, 23 mai 1937, citée par Jean-Claude Mathieu dans *La Poésie de René Char,* II, p. 10.
20. *La Poésie de René Char,* II, pp. 18-22.
21. *La Communication poétique,* p. 166.
22. Paul Eluard, *Œuvres complètes,* I. Paris, Gallimard, Pléiade, 1968, p. 515.
23. Variante citée par Jean-Claude Mathieu dans *La Poésie de René Char,* II, p. 322.
24. Lettre de Char à Tzara, 20 septembre 1936, citée par Jean-Claude Mathieu dans *La Poésie de René Char,* I, p. 283.

25. Georges Mounin, *Clefs pour la linguistique*. Paris, Seghers, 1968, p. 178.
26. *La Poésie de René Char,* II, p. 76.
27. Lettre de Char à Christian Zervos, citée par Jean-Claude Mathieu dans *La Poésie de René Char,* II, p. 81.
28. Gaston Bachelard, *L'Eau et les rêves*. Paris, José Corti, 1942, p. 33.
29. Lettre de Char à Gilbert Lély, 28 août 1938, citée par Jean-Claude Mathieu dans *La Poésie de René Char,* II, p. 82.

3

30. « Arrière-histoire du Poème pulvérisé », p. 993.
31. Lettre de René Char à Jean Voellmy, 19 juillet 1972.
32. « Arrière-histoire du Poème pulvérisé », p. 993 ; précisions données par René Char.
33. Arthur Rimbaud, « La Rivière de Cassis ».
34. René Char dans le catalogue de l'exposition de Denise Esteban, Carpentras, 1974.
35. René Crevel, *La Mort difficile*. Paris, Jean-Jacques Pauvert, 1974, p. 80.
36. « Arrière-histoire du Poème pulvérisé », p. 995.

4

37. L'image est empruntée à Susan Wise dans *La Notion de Poésie chez André Breton et René Char,* p. 458.
38. René Char, *Recherche de la base et du sommet*. Paris, Gallimard, 1965, p. 107.
39. Lettre du 4 décembre 1939, citée par Jean-Claude Mathieu dans *La Poésie de René Char,* II, p. 119.
40. Lettre du 12 septembre 1940 citée par Jean-Claude Mathieu dans *La Poésie de René Char,* II, p. 108.
41. Notes de René Char dans un exemplaire des *Feuillets d'Hypnos*. Catalogue de l'exposition René Char à la Fondation Maeght, n° 73.

5

42. Lettre de Char à Lély, 17 juillet 1945, citée par Jean-Claude Mathieu dans *La Poésie de René Char,* II, p. 211.
43. André Rousseaux, « Valeur de René Char ». Dans *Littérature du Vingtième Siècle,* III, pp. 125-133.
44. André Rousseaux, « René Char le juste ». Dans *Littérature du Vingtième Siècle,* VII, p. 53.

45. *Journal de Genève* du 30 novembre 1985, « Samedi littéraire ».
46. Gérard Genette, *Figures III*. Paris, Seuil, 1972, pp. 29-31.
47. Voir Gérard Genette, *Figures III*, « Métonymie chez Proust ».

6

48. Baudelaire, *Œuvres complètes*, I. Paris, Gallimard, Pléiade, 1975, pp. 275-276.
49. Char dans une lettre adressée à Braque, accompagnant l'envoi du poème « Le Thor ». *Catalogue de l'exposition René Char à la Fondation Maeght*, n° 439.
50. Saint-John Perse, *Œuvres complètes*. Paris, Gallimard, Pléiade, 1972, p. 576.
51. Jean-Claude Mathieu, *La Poésie de René Char*, II, pp. 147-148.
52. *La Communication poétique*, pp. 61-63.
53. C'est l'explication de Piero Bigongiari, citée dans la traduction italienne des œuvres de Char : René Char, *Ritorno sopramonte*. Scelta, traduzione e note di Vittorio Sereni. Milano, Mondadori, 1974, p. 214.
54. Maurice Blanchot, *La Part du feu*, p. 109.
55. Georges Mounin, *La Communication poétique*, pp. 229-245.

7

56. *Catalogue de l'exposition René Char à la Fondation Maeght*, n° 472.
57. Dans *Le Méridional* du 8 avril 1969.

8

58. André Rousseaux, *Littérature du Vingtième Siècle*, IV, p. 212.
59. Jean-Claude Mathieu, *La Poésie de René Char*, I, p. 284.
60. René Ménard, *La Condition poétique*, p. 160.
61. Jean Cohen, *Structure du langage poétique*. Paris, Flammarion, 1966, p. 163.
62. René Char, *Recherche de la base et du sommet*. Paris, Gallimard, 1965, p. 92.
63. Jean-Claude Mathieu, *La Poésie de René Char*, II, pp. 303-316.
64. Dans *Combat*, 24 août 1944. Albert Camus, *Essais*. Paris, Gallimard, Pléiade, 1965, pp. 255-256.
65. Dans *L'Homme révolté*. Albert Camus, *Essais*, p. 705.

9

66. Voir Gérard Genette, « Le jour, la nuit ». Dans *Langages* 12. Paris, Didier-Larousse, décembre 1968, pp. 28-42.

67. Georges Mounin, *La Communication poétique*, p. 205.
68. René Char, *Recherche de la base et du sommet*. Paris, Gallimard, 1965, p. 107.
69. René Char, *Recherche de la base et du sommet*. Paris, Gallimard, 1965, p. 107.
70. André Malraux, *Les Voix du silence*. Paris, Gallimard, 1951, p. 389.
71. « Arrière-histoire du Poème pulvérisé », p. 987.
72. « Arrière-histoire du Poème pulvérisé », p. 986.
73. Georges Mounin, *La Communication poétique*, pp. 79-85.
74. René Char à Jean Voellmy, 16 février 1977.
75. Dans *Humain trop humain*, I, 208. Paris, Gallimard, 1968.

10

76. « Arrière-histoire du Poème pulvérisé », p. 1001.
77. René Char, « Naissance et jour levant d'une amitié », dans *La Postérité du soleil* d'Albert Camus. Genève, Edwin Engelberts, 1965.
78. « Arrière-histoire du Poème pulvérisé », p. 987.
79. *Le Provençal*, 25 février 1988.
80. Paul Badin, *Fragments des Busclats*. Angers, Pab, 1988, p. 56.

11

81. *René Char. Manuscrits enluminés par des peintres du XXe siècle*, p. 72.
82. Dans *Sud, René Char*, Actes du colloque international de l'Université de Tours, p. 290.
83. Georges Braque, *Le Jour et la nuit*. Paris, Gallimard, 1952, p. 15.
84. Lettre de Char à Christian Zervos, citée par Jean-Claude Mathieu dans *La Poésie de René Char*, II, p. 81.
85. Paris, Gallimard, 1952.
86. *René Char. Manuscrits enluminés par des peintres du XXe siècle*, p. 67.
87. *René Char. Manuscrits enluminés par des peintres du XXe siècle*, p. 34.
88. *Nicolas de Staël*. Introduction d'André Chastel, lettres annotées par Germain Viatte, catalogue raisonné des peintures établi par Jacques Dubourg et Françoise de Staël. Paris, Le Temps, 1968, p. 154.
89. Lettre de Nicolas de Staël à Théodore Schempp, décembre 1951, citée dans *Nicolas de Staël*, p. 176.
90. Lettre de Nicolas de Staël à sa femme, 27 mai 1952, citée dans *Nicolas de Staël*, p. 206.
91. Lettre de Nicolas de Staël à Théodore Schempp, 30 décembre 1952, citée dans *Nicolas de Staël*, p. 244.

92. Lettre de Nicolas de Staël à Jacques Dubourg, décembre 1954, citée dans *Nicolas de Staël,* p. 366.
93. Lettre de Nicolas de Staël à Jacques Dubourg, 17 février 1955, citée dans *Nicolas de Staël,* p. 396.
94. Citée dans *Nicolas de Staël,* p. 354.
95. Lettre de Nicolas de Staël à Jacques Dubourg, 23 novembre 1954, citée dans *Nicolas de Staël,* p. 364.
96. Dans *La N.N.R.F.,* n° 16. Paris, avril 1954.
97. Lettre de Nicolas de Staël à René Char, 9 novembre 1953, citée dans *Nicolas de Staël,* p. 302.

12

98. Jean Cohen, *Structure du langage poétique,* p. 118.
99. René Char à Marc Steffen dans un exemplaire de *Recherche de la base et du sommet,* 9 avril 1987 : « Des présences qui sont toujours entre nuit et soleil sur paroles. »
100. René Char admirait le tact avec lequel elle a su éclairer la poésie d'Ossip Mandelstam. Il a traduit en collaboration avec Tina Jolas plusieurs poèmes de Mandelstam dans *La Planche de vivre* (Paris, Gallimard, 1981).
101. René Char à Jean Voellmy, 27 septembre 1980.

REPÈRES BIOGRAPHIQUES

1907 : Naissance de René Emile Char à L'Isle-sur-Sorgue, le 14 juin. Il est le dernier d'une famille de quatre enfants. Son père, Emile Char, industriel du plâtre, est maire de L'Isle-sur-Sorgue, sa mère, Marie-Thérèse Char, née Rouget, est la fille d'un maçon de Cavaillon. René Char grandit dans la maison paternelle des Névons, il fréquente l'école communale de L'Isle et le lycée d'Avignon.

1918 : Mort de son père Emile Char.

1925 : René Char suit, peu assidûment, les cours de l'Ecole de commerce de Marseille. « Heureuses errances et multiples rencontres. » (PL, pp. LXV-LXVI)

1927 : Service militaire à Nîmes, dans l'artillerie, comme soldat 2e classe.

1928 : Char publie ses premiers poèmes sous le titre *Les Cloches sur le cœur,* aux Editions Le Rouge et le Noir. Il lance avec André Cayatte la revue *Méridiens* (trois numéros).

1929 : Publication d'*Arsenal* à Nîmes. Paul Eluard, auquel Char a envoyé un exemplaire, vient le voir à L'Isle. Ils se lient d'amitié. A la fin de l'année, Char se rend à Paris et adhère au mouvement surréaliste.

1930 : René Char est à la tête d'une échauffourée au bar *Maldoror*. Lancement de la revue *Le Surréalisme au service de la révolution*. Publication de *Ralentir travaux,* poèmes écrits en collaboration avec Breton et Eluard, et d'*Artine*.

1931 : Char participe aux activités surréalistes. *L'Action de la justice est éteinte* paraît aux Editions surréalistes. Voyage en Espagne avec Nusch et Paul Eluard.

1932 : René Char épouse à Paris Georgette Goldstein.

1933 : Char fait en compagnie de sa femme un séjour à Saumane-de-Vaucluse.

1934 : Participation aux manifestations antifascistes de Paris. Rencontre du peintre Kandinsky. Publication du *Marteau sans maître* aux Editions surréalistes. René Char se détache peu à peu du mouvement surréaliste, mais il reste fidèle à ses amis, notamment à Eluard et à Crevel, qu'il va voir en Suisse.

1935 : Char tente de redresser la situation familiale au sein de la Société anonyme des plâtrières de Vaucluse, développée par son père. Nommé administrateur en 1936, il renoncera à ses fonctions en 1937.

1936 : Atteint d'une septicémie, Char est cloué au lit pendant trois mois. Convalescence à Céreste et au Cannet de Cannes. *Moulin premier* paraît chez G.L.M. (Guy Lévis Mano) grâce à Eluard, qui s'est chargé des corvées d'édition.

1937 : Char collabore à la revue de Christian et Yvonne Zervos, *Les Cahiers d'Art*. *Placard pour un chemin des écoliers,* dédié aux enfants d'Espagne, paraît chez G.L.M.

1938 : Publication de *Dehors la nuit est gouvernée* chez G.L.M. Char fait imprimer « Le Visage nuptial » (édition hors commerce).

1939 : Char est mobilisé à Nîmes, au 173e régiment d'artillerie ; guerre en Alsace. « Cette province qu'il découvre marquera profondément sa sensibilité. » (PL, p. LXXI)

1940 : René Char est promu brigadier, puis maréchal des logis. La débâcle l'empêche de suivre les cours de l'école militaire d'artillerie de Poitiers. Démobilisé, Char est dénoncé en septembre comme communiste à la suite de son activité surréaliste. La police de Vichy perquisitionne à son domicile. Char quitte L'Isle-sur-Sorgue pour Céreste, en compagnie de sa femme.

1941 : Tandis que Breton attend à Marseille son visa pour l'Amérique, Char entre en rapport avec les opposants au régime.

1942 : Il adhère à l'Armée secrète. Chef du secteur Durance-Sud sous le nom d'Alexandre, il dirige les premières actions de sabotage contre l'armée d'occupation italienne.

1943 : Engagement de Char aux Forces Françaises Combattantes. Il est nommé avec le grade de capitaine chef départemental (Basses-Alpes) de la Section atterrissage parachutage de la région 2 et adjoint au chef régional du réseau Action.

1944 : Au cours d'une opération nocturne, Char fait une chute. Il est blessé à la tête, au bras et à la colonne vertébrale. A peine rétabli, il est appelé à l'état-major allié d'Alger qui prépare le débarquement en Provence. Il rentre en France fin août.

1945 : Publication de *Seuls demeurent* aux éditions Gallimard. Démobilisé, Char regagne Paris.

1946 : Les *Feuillets d'Hypnos* paraissent dans la collection « Espoir » des éditions Gallimard, dirigée par Albert Camus. Le critique André Rousseaux en rend compte dans *Le Figaro littéraire*. *Avez-vous lu Char ?* de Georges Mounin.

1947 : Représentation au théâtre des Champs-Elysées du ballet *La Conjuration*. Rideau de scène et costumes de Braque.

1948 : Création à la radio du *Soleil des eaux ;* musique de Pierre Boulez. *Fureur et mystère* paraît chez Gallimard.

1949 : Publication de deux pièces : *Sur les hauteurs* et *Claire*. Divorce de René Char et de Georgette.

1950 : *Les Matinaux* (Gallimard).

1951 : René Char rencontre Nicolas de Staël, qui va illustrer quelques-uns de ses poèmes. Publication du recueil *A une sérénité crispée,* avec des vignettes de Louis Fernandez. Mort de Mme Emile Char, mère du poète.

1952 : *Claire* est mise en scène à Lyon par Roger Planchon. Mort de Paul Eluard.

1953 : *Lettera amorosa* paraît chez Gallimard. Au cours de l'été, René Char fait un voyage en Alsace en compagnie d'Yvonne Zervos. *L'Abominable des neiges* est publié dans *La N.N.R.F.*

1955 : *Recherche de la base et du sommet* suivi de *Pauvreté et privilège* (Gallimard). La propriété familiale des Névons est vendue aux enchères. Première rencontre de Char et de Heidegger à Paris. Pierre Boulez met en musique des poèmes du *Marteau sans maître.*

1956 : *La Bibliothèque est en feu* paraît chez Louis Brodet, avec une eau-forte de Braque. Difficulté créatrice, angoisse. Char lutte contre l'insomnie en dessinant et en gravant.

1958 : Reprise de la production poétique. *Cinq poésies en hommage à Georges Braque* (Genève, Edwin Engelberts) et *Sur la poésie* (G.L.M.).

1959 : L'affiche *Aux riverains de la Sorgue,* tirée par P.A.B., est une réplique au lancement du premier Satellite soviétique dans l'espace.

1960 : Mort d'Albert Camus et de Pierre Reverdy : « l'année de la faux basse, filante et rase, jusqu'aux racines » (PL, p. 724).

1962 : *La Parole en archipel* (Gallimard).

1963 : *Lettera amorosa,* illustré de vingt-sept lithographies de Braque, est présenté à la bibliothèque Jacques-Doucet dans le cadre de l'exposition Georges Braque-René Char. La revue *L'Arc* publie un numéro consacré à Char.

1964 : *Commune présence,* une anthologie par thèmes, paraît chez Gallimard.

1965 : *L'Age cassant,* un recueil d'aphorismes (José Corti). *La Postérité du soleil* d'Albert Camus, avec des photographies de Henriette Grindat. Postface de René Char. Char publie la plaquette *La Provence point oméga* pour protester contre l'implantation d'une base de lancement de fusées atomiques en Haute-Provence.

1966 : René Char reçoit le Prix des critiques pour l'ensemble de son œuvre. Premier séjour de Martin Heidegger au Thor, proche de L'Isle-sur-Sorgue.

1967 : *Trois coups sous les arbres* (Gallimard) regroupe les pièces de théâtre et les arguments de ballets.

1968 : René Char a une attaque cardiaque. *Dans la pluie giboyeuse* paraît chez Gallimard. La revue québécoise *Liberté* consacre à Char un numéro spécial.

1970 : Mort d'Yvonne et de Christian Zervos. Leur revue et leur galerie étaient « les plus clairvoyants et attentifs soutiens de l'art contemporain et de ses maîtres » (PL, p. LXXXIII).

1971 : La revue *L'Herne* consacre un Cahier à René Char. La Fondation Maeght organise une exposition René Char à Saint-Paul-de-Vence, puis à Paris. *Le Nu perdu* (Gallimard).

1972 : *La Nuit talismanique* paraît chez Skira à Genève.

1973 : Mort de Pablo Picasso. René Char écrit la préface du catalogue de l'exposition Picasso du Palais des Papes à Avignon.

1974 : *Le Monde de l'art n'est pas le monde du pardon* paraît chez Maeght.

1975 : *Aromates chasseurs* (Gallimard).

1976 : *Chants de la Balandrane* (Gallimard).

1978 : Un grave accident cardiaque immobilise le poète.

1979 : *Fenêtres dormantes et porte sur le toit* (Gallimard).

1980 : La Bibliothèque nationale expose à Paris les « Manuscrits de René Char enluminés par des peintres du XXe siècle ».

1981 : *La Planche de vivre,* une anthologie de poèmes traduits par René Char et Tina Jolas, paraît chez Gallimard.

1982 : Inauguration du « Musée-bibliothèque René Char » à L'Isle-sur-Sorgue. En 1984, le musée changera de vocation.

1983 : Publication des *Œuvres complètes* de René Char, dans la Bibliothèque de la Pléiade. Colloque international sur l'œuvre de Char à l'Université de Tours. Les Actes seront publiés en 1984 par la revue *Sud.*

1985 : *Les Voisinages de Van Gogh* (Gallimard).
1987 : Publication du *Gisant mis en lumière,* manuscrits de René Char illustrés par Alexandre Galpérine.
1988 : La revue *Europe* publie un numéro consacré à René Char.
Le 19 février, René Char succombe à Paris à une crise cardiaque.
Eloge d'une Soupçonnée paraît chez Gallimard au mois de mai.
1989 : *Présence de René Char,* exposition organisée à la Maison de la Poésie à Paris.

BIBLIOGRAPHIE

ŒUVRES DE RENÉ CHAR

René Char, *Œuvres complètes.* Paris, Gallimard, Bibliothèque de la Pléiade, 1983.

Les références renvoient généralement à cette édition (PL). Elle contient une bibliographie détaillée, qui rend le recours aux bibliographies précédentes, celle de P.A. Benoit (Ribaute-les-Tavernes, Le Demi-Jour, 1964) et celle du Cahier de *L'Herne,* inutile.

Les références qui renvoient aux textes qui ne figurent pas dans l'édition de la Pléiade (textes non recueillis, modifiés ou parus après 1983) sont données dans les notes, sauf pour les recueils suivants :

René Char, *La Nuit talismanique* (LNT). Genève, Skira, Les sentiers de la création, 1972.

René Char, *Les Voisinages de Van Gogh* (VVG). Paris, Gallimard, 1985.

René Char, *Eloge d'une Soupçonnée* (ES). Paris, Gallimard, 1988.

Quatre livres de René Char figurent dans la collection Poésie de Gallimard :

Fureur et mystère, Les Matinaux suivi de *La Parole en archipel, Le Nu perdu* et autres poèmes, *Recherche de la base et du sommet.*

PRINCIPAUX NUMÉROS DE REVUES, EXPOSITIONS ET CATALOGUES CONSACRÉS A L'ŒUVRE DE RENÉ CHAR

René Char. Numéro spécial de la revue *L'Arc,* n° 22. Aix-en-Provence, été 1963.

Hommage à René Char. Numéro spécial de la revue *Liberté,* volume 10 — n° 4. Montréal, juillet-août 1968.

René Char. L'Herne, n° 15. Paris, 1971.

Catalogue de l'exposition René Char à la Fondation Maeght. Saint-Paul-de-Vence, Fondation Maeght, 1971.

René Char. Numéro spécial du *Magazine Littéraire,* n° 118. Paris, novembre 1976.

René Char. Manuscrits enluminés par des peintres du XXe siècle. Paris, Bibliothèque nationale, 1980.

René Char, poète. Numéro spécial de BT 2, n°127. Cannes La Bocca, Coopérative de l'Enseignement Laïc, mars 1981.

René Char, Actes du colloque international de l'Université de Tours. Numéro spécial de la revue *Sud.* Marseille, 1984.

René Char. Numéro spécial de la revue *Europe,* n° 705-706. Paris, janvier-février 1988.

CHOIX D'ÉTUDES CRITIQUES

BATTISTINI Yves, « Fauves et enfants dans l'œuvre de René Char ». Dans *Courrier du Centre International d'Etudes Poétiques,* n° 8. Bruxelles, avril 1956.

BERGER Pierre, *René Char.* Paris, Pierre Seghers, Poètes d'aujourd'hui, 1951.

BERNARD Suzanne, « René Char et la réalité exaltée ». Dans *Le Poème en prose de Baudelaire jusqu'à nos jours.* Paris, Nizet, 1959, pp. 737-743.

BLANCHOT Maurice, « René Char ». Dans *La Part du Feu.* Paris, Gallimard, 1949.

BOUNOURE Gabriel, « Base et Sommet de la Poésie de Char ». Dans *La N.N.R.F.,* n° 38. Paris, février 1956.

CAMUS Albert, « René Char ». Dans *Essais.* Paris, Gallimard, Pléiade, 1965.

DECAUNES Luc, « René Char ». Dans *Littérature de notre temps.* Recueil I. [Tournai], Casterman, 1971.

DUPOUY Christine, *René Char.* Paris, Pierre Belfond, 1987.

GUERRE Pierre, *René Char.* Paris, Pierre Seghers, Poètes d'aujourd'hui, 1961.

JEAN Raymond, « René Char ou le refus ». Dans *Europe,* n° 543-544. Paris, juillet-août 1974.

LÉLY Gilbert, *René Char.* Paris, Variété, 1947.

MATHIEU Jean-Claude, *La Poésie de René Char,* I. Paris, José Corti, 1984.

MATHIEU Jean-Claude, *La Poésie de René Char,* II. Paris, José Corti, 1985.

MÉNARD René, *La Condition poétique.* Paris, Gallimard, Espoir, 1959.

MOUNIN Georges, *La Communication poétique* précédé de *Avez-vous lu Char ?* Paris, Gallimard, Essais, 1969.

PICON Gaëtan, « René Char ». Dans *Panorama de la Nouvelle Littérature Française.* Paris, Gallimard, 1949.

RAU Greta, *René Char ou la poésie accrue.* Paris, José Corti, 1957.

RICHARD Jean-Pierre, « René Char ». Dans *Onze Etudes sur la Poésie Moderne.* Paris, Le Seuil, 1964.

ROUDAUT Jean, « René Char ». Dans *La NRF,* n° 364. Paris, mai 1983.

ROUSSEAUX André, « René Char ». Dans *Littérature du Vingtième Siècle,* III. Paris, Albin Michel, 1949.

ROUSSEAUX André, « La morale d'Albert Camus ». Dans *Littérature du Vingtième Siècle,* IV. Paris, Albin Michel, 1953.

ROUSSEAUX André, « René Char le juste ». Dans *Littérature du Vingtième Siècle,* VII. Paris, Albin Michel, 1961.

VOELLMY Jean, « René Char et la lettre du Voyant ». Dans *Berenice,* n° 2. Roma, marzo 1981.

WISE Susan, *La Notion de Poésie chez André Breton et René Char.* Aix-en-Provence, La Pensée Universitaire, 1968.

TABLE

COLLECTION
« CHAMP POÉTIQUE »

Luc DECAUNES, *Poésie au grand jour*
Daniel BERGEZ, *Eluard ou le rayonnement de l'être*
Eugène GUILLEVIC, Raymond JEAN, *Choses parlées*
Jean ONIMUS, *Philippe Jaccottet, une poétique de l'insaisissable*
Christian MONCELET, *René-Guy Cadou : les liens de ce monde*
Pierre BRUNEL, *Arthur Rimbaud ou l'éclatant désastre*
Gérard BOCHOLIER, *Pierre Reverdy : le phare obscur*
Jean PIERROT, *Guillevic ou la sérénité gagnée*
Jean-Michel MAULPOIX, *Henri Michaux : passager clandestin*
Michèle AQUIEN, *Saint-John Perse : l'être et le nom*
Jean ONIMUS, *Jean Tardieu, un rire inquiet*
Gérard GASARIAN, *Yves Bonnefoy : la poésie, la présence*
Roger BELLET, *Stéphane Mallarmé : l'encre et le ciel*
Jacques DEPREUX, *André du Bouchet ou la parole traversée*
André LE MILINAIRE, *Tristan Corbière : la paresse et le génie*
Jean VOELLMY, *René Char ou le mystère partagé*

ACHEVÉ D'IMPRIMER
SUR LES PRESSES DE
L'IMPRIMERIE CHIRAT
42540 ST-JUST-LA-PENDUE
EN NOVEMBRE 1989
DÉPÔT LÉGAL 1989 N° 4800

IMPRIMÉ EN FRANCE